KB124060

문학과지성 시인선 604

봄비를 맞다

황동규 시집

문학과지성사

문학과지성사에서 펴낸 황동규의 시집

나는 바퀴를 보면 굴리고 싶어진다(1978, 개정판 1994)
악어를 조심하라고?(1986, 개정판 1995)
몰운대行(1991, 개정판 1994)
미시령 큰바람(1993)
풍장(양장본, 1995)
외계인(1997)
버클리풍의 사랑 노래(2000)
우연에 기댈 때도 있었다(2003)
꽃의 고요(2006)
사는 기쁨(2013)
겨울밤 0시 5분(2015, 시인선 R)
연옥의 봄(2016)
오늘 하루만이라도(2020)

문학과지성 시인선 604
봄비를 맞다

초판 1쇄 발행 2024년 5월 31일
초판 2쇄 발행 2024년 6월 25일

지은이 황동규
펴낸이 이광호
주간 이근혜
편집 이근혜 유하은 김필균 이주이 허단 윤소진
마케팅 이가은 최지애 허황 남미리 맹정현
제작 강병석
펴낸곳 ㈜문학과지성사
등록번호 제1993-000098호
주소 04034 서울 마포구 잔다리로7길 18(서교동 377-20)
전화 02)338-7224
팩스 02)323-4180(편집) / 02)338-7221(영업)
대표메일 moonji@moonji.com
저작권 문의 copyright@moonji.com
홈페이지 www.moonji.com

ISBN 978-89-320-4278-7 03810

문학과지성 시인선 604

봄비를 맞다

황동규

시인의 말

4년 전 시집 『오늘 하루만이라도』를 상재할 때 앞으로는 좀 건성건성 살아도 되겠구나 했지만 코로나바이러스가 그렇게 놔두지 않았다. 늙음이 코로나 글러브를 끼고 삶을 링 위에 눕혀버린 것이다. 이 시집의 시 태반이 늙음의 바닥을 짚고 일어나 다시 링 위에 서는 (다시 눕혀진들 어떠리!) 한 인간의 기록이다.

책을 같이 만들어준 문학과지성사 이근혜 주간에게 고맙다는 말을.

2024년 봄에
황동규

봄비를 맞다

차례

시인의 말

1부

오색빛으로 9

히아신스 10

단 사과 12

겨울나기 14

흩날리는 눈발 16

봄비를 맞다 18

이 한생 20

마음 기차게 당긴 곳 22

야트막한 담장 24

사월 어느 날 26

불타는 은행나무 28

터키 에베소에서 만난 젊은이 30

시인 삶의 돌쩌귀 31

바가텔 5 32

몰운대 그 나무 33

2부

여드레 만에 39

참새의 죽음 40
나갈까 말까? 42
어떤 9월 44
건성건성 46
옥상 텃밭 48
코로나 파편들 50
서달산 문답 52
외롭다? 54
눈물 56
바닥을 향하여 58
삼세번 60
2022년 2월 24일(목) 61
지문 64
해파랑길 66

3부

비바람 친 후 71
서울 소식 72
담쟁이넝쿨 74
백 나라 다녀온 후배 76
생각을 멈추다 78
조각달 79
속되게 즐기기 80
어떤 동짓날 82
슬픈 여우 84
까치 86

병원을 노래하다 88
호야꽃 90
그리움을 그리워 말게 92
그날 저녁 94

4부

홍천군 내면 펜션의 하룻밤 99
태안 큰 노을 100
꽃 울타리 102
해시계 104
흑갈색 점 하나 105
그 바다 106
혼불 108
혼불 2 111
묘비명 112
「나는 자연인이다」 113
길 잃은 새 116
한밤에 깨어 118
싸락눈 120
속이 빈 나무 122
뒤풀이 자리에서 125

산문

사당3동 별곡 126

해설

환한 깨달음을 향하여·장경렬 134

1부

오색빛으로

몸 다 내주고 나서
전복 껍데기는 오색빛 내뿜지.
몸 없어진 곳에 가서도 노래하시게.
더 낭비할 것이 사라진 순간
몸 있던 자리 훤히 트이고
뵈지 않던 삶의 속내도 드러나겠지.
좋은 날 궂은 날 가리지 않고
어디엔가 붙어 기고 떨어져서 기는
아프면 누워 기고 실수로도 기는
기느라 몸 없어진 것도 모르고
계속 기고 있는 몸 드러나겠지.
마음먹고 다시 둘러보면
주위의 모두가 기고 있다.
저기 날개 새로 해 단 그도 기고 있다.
뵈든 안 뵈든 묵묵히 기는 몸 하나하나가
오색빛 새로 두르게 노래하시게.

히아신스
— 이상희 시인에게

원주에 둥지 틀고 사는 후배 시인이
코로나 확산세 뚫고
히아신스 한 다발을 보내왔다.

비닐 옷 벗기고 꽃병에 담아 탁자에 올리자
바로 이때다!
꽃들이 참았던 숨을 한꺼번에 내쉬는가,
확 터지는 향기, 정신이 어찔어찔.
발코니 창문을 열어줘도
나갈 염을 않는다.
가만, 발코니에 내놔야 할까 보다.
꽃병에 손을 내밀자
꽃들이 손대지 말라는 듯 허리를 고쳐 세운다.
‘지금 우리는
단 한 번 주어지는 한창 삶 살고 있어요!’
단 한 번 주어지는 한창 삶이라?
이제는 너무 멀어져서 도통 희미하지만
나에게도 그런 게 있긴 있었겠지.
히아신스에겐 그게 바로 지금이군.

심호흡을 한다.
매해 몇 번 만나는 국화 향기,
잘 씻긴 하양이나 노랑이라면
히아신스 향기는 무게 살짝 입힌 은빛.
찬찬히 허파에 넣는다.
감각들이 바빠진다.
다시 심호흡을 한다.
허파꽈리들이 무겁게 열렸다 닫히고
숨에 무게가 실린다.
그 누군가가 한창 삶 사는 걸 건드리지 않는 일은
이 우주에 몸 담고 있는 모든 동승자의 도리가 아닐까.

단 사과

안동 다녀오는 길에 문경에 들러
가을빛 환한 사과밭에 간 적 있었다.

맛보기로 내놓은 두어 조각 맛보고 나서
주인의 턱 허락받고
벌레 먹었나 따로 소쿠리에 담긴
못생긴 사과 둘 가운데 하나 집어 들고
한입 베어 물었지.
입에 물린 사과,
입꼬리에 쥐가 날 만큼 맛이 진했어.
베어 문 자국을 보며 생각했지.
사과들이 모두 종이옷 입고 매달려 있었는데
이놈은 어떻게 벌레 먹었을까?
주인 쪽을 봤지만
그는 다른 고객 쪽으로 몸을 돌리고 있었어.
혹시 이 세상에서 진짜 맛 들려면
종이옷 속으로 벌레를 불러들일
그 무엇이 있어야 하는가?
제 몸 덜어내고

벌레 먹은 과일 소쿠리로 들어가야 하는가?

초가을 볕이 너무 따가웠다.

상자 하나를 차에 실었다.

겨울나기

아침 최저 기온 영하 13도,
발코니가 채도(彩度)를 낮췄다.
어깨 계속 높이던 소철,
시퍼런 몸 톱을 휘두르던 알로에,
옥수수보다 더 넓고 푸른 잎 자랑하던 문주란,
다들 몸 추스르고 광도 줄였다.

겨울이다. 적적하다. 온다는 눈 내리지 않고,
어제 좀 걸었다고 발이 부었다.
늘어나는 건 책장에 오르지 못하고
탁자와 주변에 수북이 쌓이는 서적뿐.
이제 우두커니 겨울이 지나가기만을 기다릴 건가?
우두커니라? 어디선가 바람이 빠지는 소리,
머리 흔들어 막아보려 고개를 드니
발코니가 술렁이고 있다.
안 보이던 제라늄 몇 송이 새로 나타나
빨간 모자 쓰고 춤추고 있고
잎 계속 떨어뜨려 죽더라도 햇빛 받으며 죽으라고
며칠 전 거실에서 내논 고무나무가

저녁 해 향해 잎들을 번쩍 쳐들고 있다.

그렇다.

지금을 반기며 사는 것이다.

흩날리는 눈발

평생 책들과 얽히고설켜 살아왔지만
이즘 와서 책과 만나는 일이
풍 빠졌다 아뿔싸 기어 나오는 허방다리 되었다.
시력 저하로 읽는 속도 확 줄기도 했지만
책을 한번 들면
약 들 시간 약속 시간 같은 게
걷잡을 수 없이 헝클어진다.
약도 어디 한두 가진가.

며칠 전,
미뤄뒀던 『김승옥문학상 수상작품집』을 읽다가
약속 시간 한참 놓치고 서둘러 집을 나섰지.
내려갔던 엘리베이터 다시 타고 올라와
허둥지둥 마스크 찾았어.

그리고 바로 오늘 아침,
약 들 시간 꽤 남았다고 후배 하응백이 보내 준
물고기들이 유머러스하게 자기소개하는
묘한 산문집을 읽다가

화급히 마스크 집어 들고 집을 나서
막 와 닿는 마을버스 잡아타고 전철역에 갔지.
아차, 혈압약! 이 강추위에!
그 버스로 되돌아오며 휴대폰으로
시력 빠지니 약 찾아 먹기도 힘드네 어쩌구 하며
허방다리에서 기어 나왔어.

이러다 어느 날
풍 빠졌다 그만 기어 나오지 못하게 되겠지.
쳐들었던 두 팔 내려지고
영결식장 딸린 병원으로 데려갈 거야.
데려가기 전, 잠깐!
혼술하던 술병과 읽던 책 두어 권 품에 안고
지금처럼 창밖에 흩날리는 눈발을 보게 해주게.

봄비를 맞다

'휙휙 돌아가는 계절의 회전 무대나
갑작스런 봄비 속을
제집처럼 드나들던 때는 벌써 지났네.'
아침에 일어나기 힘들어하자 마음이 말했다.
'이마를 짚어봐.'

듣는 체 마는 체 들으며 생각한다.
어제 오후 산책길에 갑자기 가늘게 비가 내렸지.
머리와 옷이 조금씩 젖어왔지만
급히 피할 수는 없었어.
지난가을
성긴 잎 미리 다 내려놓고
꾸부정한 어깨로 남았던 나무
고사목으로 치부했던 나무가
바로 눈앞에서
연두색 잎을 터뜨리고 있었던 거야.
이것 봐라. 죽은 나무가 산 잎을 내미네,
풍성하진 않지만 정갈한 잎을.
방금 눈앞에서

잎눈이 잎으로 풀리는 것도 있었어.
그래 맞다. 이 세상에
다 써버린 목숨 같은 건 없다!
정신이 싸아했지.
머뭇대자 고목이 등 구부린 채 속삭였어.
'이런 일 다 집어치우고 싶지만
봄비가 속삭이듯 불러내자
미처 못 나간 것들이 마저 나가는데
어떻게 막겠나?
뭘 봬주려는 것 아니네.'

이마에 손 얹어보니
열이 있는 듯 없는 듯.
감기도 봄비에 정신 내주고 왔나?
일어나 커피포트에 불을 넣는다.

이 한생

책에서는 보기 힘들다고 했어.
서달산 산책길을 조금씩 조금씩 벗어나 걷다가
혼자가 아닌
겨우살이 둘이 올라 사는 나무를 만났지.

숙주에게 너무 부담 주는 기생(寄生)은
서로에게 안 좋다지만,
때마침 곤줄박인가
둘 중 더 큰 겨우살이의
조그만 반투명 황록색 열매를 쪼아 먹고 있었어.
좀 끈적끈적하겠지만 맛있게.
숙주 참나무는 아무렇지도 않다는 듯
조용히 서 있었지.

미리 와 자리 잡은 기생자가 뵈지 않을 때도
내 위에 내려앉지 마라
손사래 치던 세상의 숙주들이여,
내가 한평생 같이 살고 그나마 남기고 갈 건
힘들지만 기생시키고 또 스스로 기생한 일들.

이 한생 살고 세상에서 나갈 때
반투명 열매 맛있게 쪼아 먹는 새를 보게 될까?
반질반질 부리에 몸 콕콕 쪼일까?

마음 기차게 당긴 곳

인터뷰 도중 물어 왔다.
오래 사시면서 여행도 많이 하셨습니다.
이 세상 그 어디가
선생의 마음을 가장 기차게 당긴 곳입니까?

괭이갈매기들 정신없이 나는 강화 펄에만 가도
바다 안개 불현듯 밀려와
해와 섬과 갈매기를 한꺼번에 삼키고
물소리만 남겨
그곳을 밑바닥부터 바꾸기도 하는데,
물소리만 남고 앞이 안 보이는 풍경이
그 어느 풍경보다 마음 더 조이게도 하는데,
어떻게 세상 어느 한 곳을 딱 짚어
마음 가장 기차게 당긴 곳이라 할 수 있겠는가?

며칠 전 집 발코니에서 홀린 듯 내다본
다른 세상 불길처럼 정색하고 샛노랗게 타오르던
은행나무들이 떠올랐다.
머뭇머뭇 들고 있던 찻잔을

탁자에 내려놓고 답했다.

내 살고 있는 그렇고 그런 늙은 아파트도

해마다 두어 차례

멍 기차게 때리는 공간 됩니다.

야트막한 담장

동네 서달산 산책길 오르내리며
이 골목 저 골목 골라 걷던 곳에
다세대주택들이 빼곡 쳐들어왔다.
지나가며 슬쩍슬쩍 넘겨다보면
조금씩 색다르게 꾸민 조그만 꽃밭들이
나 여기 있네! 하던
야트막한 담장들,
낮은 대문 지붕에
애완동물처럼 앉아 있던 엄청 큰 호박,
오가며 서로 낯익히던 강아지들 고양이들,
다 사라졌다.
목청 별나게 좋던 새도.

산책길에 하나씩 점등되던 조금씩 다른 등불들,
눈 내리면 현관 앞에서
대형 눈사람처럼 웃던 몇몇 조그만 눈사람들까지
모두 주섬주섬 포대에 담겨
추억의 다락방에 쌓여 있게 되었다.
다시 꺼내더라도 윤기 다 휘발되어

전처럼 만지듯 즐길 수는 없을 거다.
옛 책 뒤적이다 끼워두고 잊었던 단풍잎 만나듯
꽃 대신 남새 심으며 마지막까지 버티던 집 낮은 담장에
가랑잎 하나쯤 얹혀 있을까?
바람이 일면 빨갛게 곤두서 바르르 떨기도 할까?

사월 어느 날

코로나 흐지부지되는데도 그냥 집콕하다 보니
아파트에 벚꽃이 만발,
날리는 꽃잎도 한둘 있었다.
오랜만에 휴대폰 꺼내 들고 꽃을 찍으며
아파트 동남편에 붙어 있는
조그만 삼일공원에 올랐다.
공원이 온통 환한 꽃
휴대폰 속까지 환해졌겠지.

꽃 찍으며 공원을 한 바퀴 돌고 벤치에 앉아
이빨 새까맣게 버찌 따 먹던 시절로 돌아갔다 내려오는데
바람이 이는가, 시야 가득 꽃잎들이 날려 왔다.
두 손 내밀어 받았다.
이리 빠지고 저리 빠지고
잘 잡히지 않았다.
이런! 애써 내밀지 않은 머리에
꽃들이 스스로 내려앉는군.
이거 괜찮네.

꽃잎 계속 내려앉는 머리를 들고
열에 떠 꽃 속을 돌아다녔다.

현관 앞에서 머리를 털려다 그냥 들어가
엘리베이터 오름 버튼 누른다.
하늘이 씌워준 환한 관 머리에 쓴 채 샤워에 드는 사람
이 세상 이 봄에 몇이나 될까?
끄트머리가 확 돋보이는 시 쓴 느낌으로
화관을 벗었다.

불타는 은행나무

가을도 이제 끝물이군.
이름 같은 걸 아끼다 친구의 딸 못 도와줘
친구 크게 섭섭게 하고
이틀 동안 헝클어진 마음 안고 살다
발코니에 나가니
불타는 은행나무들이 나타났다.
주차장 건너 잎 거의 떨군 벚나무 위 축대가
온통 황금 불길, 황반변성 걸린 눈에
네 그루 금나무가 불타고 있었다.
노랗고 쪼그만 불티 하나 튀기도 했지만
저처럼 한 색감 한 모양새로 질박하게 타는 불
본 적이 없군.
남은 내 삶에도 혹시 불길이 댕긴다면
저렇게 탔으면!

그 생각 읽었다는 듯
샛노랗게 타는 큰 불덩이 하나 던지듯 날아와
어 어 하는 나에게 달려들었다.
와닿기 바쁘게 활활 타는 불

헝클어진 마음을 정신없이 태워주네.
태워라, 마음 텅 비게.

불 속에 흰 댕기 같은 게 어른거려 들여다보니
매듭 하나가 활활 타는 불 속에 버티고 있었다.
그것도 태워! 그래도 꼿꼿이 버틴다.
그 버팀 생각을 웃돌아 언뜻 스치는 말 새겨보니
'섭섭함은 타지 않는다.'
나도 모르게 묻는다.
'분노도 타는데 섭섭함은 안 타나?'
'분노는 분노, 섭섭함은 고인 물, 물꼬를 트게.'
맞다! 하듯, 축대 위 불길이 한 번 펄럭였다.

불타는 은행나무여, 다음번 친구들 모임엔
아낀다고 30년 감춰두고 잊어버렸던 명품 술
이틀 전에 구한 것처럼 들고 나간다.
덧붙일 말 같은 거 없다.
아끼려 들다 섭섭게 한 게 어디 사람뿐이랴.

터키 에베소에서 만난 젊은이

이십 년 전 터키 에베소에서
노래하듯 원 달러 원 달러 건강한 목소리로
사진첩 내밀던 젊은이
팔고 갈 때 보니
관광객들 앞에선 빼주지 않던 절름발
심하게 절름절름.
지금 생각해도 그 청년
탁자 한 귀퉁이에 아슬아슬 놓인 찻잔 같다.
살 사람들 앞에서 그만큼 절름절름댔으면
사진첩 몇 권씩은 더 팔았을 텐데.
하나 그게 바로 인간이
자기 삶 사는 법도 아닌가?

숨을 잠시 멈춘다.
무언가에 마음이 주춤주춤.
나는 초년 고생도 붙고 다니는 사람,
지난날을 헤집다가 그 젊은이 만나면
찻잔보다 마음이 먼저 엎질러진다.

시인 삶의 돌쩌귀

—정선 도원의 시인 전윤호에게

봄비 맞자 꽃들 다투어 속을 열고
나비와 벌 들이 바삐 오가고 있다.
기다리고 기다리던 봄 활짝인데
코로나 거리두기도 반쯤 풀렸는데
시가 도통 안 써져 입맛 싹 가셨다고?
입맛 꺼지면 코로나가 옆에 있건 말건
시가 써지건 말건
살맛 없지.
삐걱대는 문 돌쩌귀에 기름 치듯
시인 삶의 돌쩌귀 한번 손보는 게 어때?
'앞으로 시 같은 건 다신 안 쓴다!'

모르는 새 사는 일이 매끈할 거다.
가라앉은 입맛이 돋아날 거다.
며칠 지나면 시 쪽에서 먼저 궁금해
모르는 척 곁에 와 서성일 거다.
시도 시인도 아프긴 아플 것이다.

바가텔 5

이 한세상
노래 배우는 새처럼 왔다 간다.
목소리에 금 가면
낙엽 지는 나무에 올라
시를 외우다 가겠다.
기다렸던 꽃이 질 때
뜻밖에 혼자 남게 될 때
다저녁때 예고 없이 가랑비 뿌릴 때
내 삶의 관절들을 온통 저릿저릿하게 했던 시들,
마음 이 구석 저 구석에서
운 떼기를 기다리고 있다.
단 내 시는 아님.
외우다 또 고치려 들면 어쩌게.

몰운대 그 나무

후배 시인이 벼르고 벼르다 다녀왔다고 보내 준
몰운대 사진 몇 장.
그중 마음 앗긴 건
그동안 더 거무튀튀해진
벼락 맞고 윗동 잘린 벼랑 끝 나무 사진.
15년 전인가
반대편으로 돌아가 슬쩍 안아보려다
벼랑 아래로 곤두박질칠 뻔
삶의 끄트머릴 미리 보게 한 나무.
세수하다 문득 손을 멈춘다.

비누 묻은 두 손등에
얼키설키 드러나는 검푸른 정맥들.
엄지손가락에 오른 놈도 있다.
흐름 제대로 안 보이고 합류점 분명치 않아
건널 자리 찾기 힘들었던,
그래도 건넜던,
내 삶의 얽히고설킨 강물들.
건너면 노래가 되곤 했지,

아픈 노래도 있었지만.
정맥들이 바로 그 강들을 닮았어.

손에 묻은 비누를 물로 씻는다.
정맥들이 더 도드라진다.
갑에 놓인 비누를 끌어다 잡는다.
미끄러져 세면대에 툭 떨어진다.

언젠가 삶이
비누처럼 미끈 떨어져 나갈 때
이 정맥들을 뽑아 고르게 펴서
몰운대 그 나무에 걸어줬으면.
벼랑 위 경치가 하도 뛰어나
떠가던 구름도 흐름 멈추고
구름이길 그만둔다는 정선 몰운대.
벼랑 아래 오가며 올려다보면
줄들이 건들건들 기이한 나무.
보라고 세운 것치곤 너무 후지다?
그래? 후진 강을 방금 건넜어.

건너긴 건넜는데 노래가 없다?

이제부턴 속으로 노래하라! 몰운대 나무.

2부

여드레 만에 집을 나서니

코로나 집콕하다 여드레 만에 집을 나서니
눈 가늘게 뿌린 땅에 거대한 영지버섯처럼 붙어 있는
맨홀 뚜껑부터 반갑다.
흑백 마름 옷 깔끔하게 차려입고 걸어 다니는
까치도 반갑다.
별생각 없이도 즐겁게 오르내린 서달산하고는
눈인사를 하자.
어제는 후배가 아내를 잃었다는 문자를 받고
전화로 봉투 부탁만 하고 말았지.
오늘 아침, 나갈까 말까 망설이다
마스크 꺼내 쓰고 집을 나선 내가 반갑다.
하늘에선 구름이
정교하게 입 하나를 만들고 있다.
무슨 말을 할까?
무슨 말을 하든!
모르는 사이에 버스가 왔다.

참새의 죽음

산책길에 죽은 참새를 만났다.
길 가장자리,
주변에 낙엽 몇 장 얇은 눈에 붙어 있고
한 뼘 남짓 원형으로 눈이 녹고 있는 곳,
앙증스레 두 발 옹크리고 누워 있었다.
굶다 갔니? 얼다 갔니?
사는 게 너무 답답해
목숨 옜다 길에 놔두고 간 건 아니니?

삼십 년 전 동해안 겨울 솔숲길에서
죽은 참새를 만난 후 처음이었다.
그 참새, 참 가볍고 깨끗했어.
손바닥에 올려놓고 입김으로 불어주기도 했지.
혹시 살아날지도 모른다는 아니고
추위나 배고픔으로 숨 거둔 새에게
온기 담긴 입김 한번 불어주자는 게 아니었을까?

이번에는 코로나 마스크를 쓴 채
내려다만 보았지.

웅크린 발가락들에

요새 보기 힘든 것이 묻어 있군.

이런, 이 새는 생흙 세상에서 왔다!

뭐라고?

그래 그래 알겠어.

별것 아닌 일에 감탄한다 이거군.

하지만 이 온통 콘크리트와 코로나 세상에서

죽은 참새 발가락의 생흙!

겨울 산책길에서

보고 또 보고 싶은 꽃을 만났지.

나갈까 말까?

—2020년 봄, 코로나바이러스에게

9시 15분,
외출복 걸치고 마스크 꺼내다가 멈칫,
이 만날 약속 연기해야 하지 않을까?

탁자 위에 구겨진 신문이 눈에 띈다.
편치 않다.
펴준다.
드러나는 머그잔 자국,
커피 마실 땐 신문이 바로 펴 있었구나.
펴기만 해도 나타나는 것들이 있다.
산책길 저편에
허옇게 그려져 있는 저 허전한 그림,
다가가며 펴보면
땅에 발 굳게 딛고 꽃 피운 백목련들,
한창이었어.

생각이여,
지금 현관에 서 있는 나를 한번 펴보게.
‘코로나 한창이라 나갈까 말까 하고 있군.’

그래? 나갈까 말까?

'마스크 잊지 말게.

둘 다 마스크 쓰고 만나면

코로나와 서로 모르는 채 지나칠 수도 있지,

둘 중 누군가가

제물에 멈칫멈칫하지만 않는다면.'

어떤 9월

— 후에 수원행 강화행을 같이한
최동호 김왕노 이인평 시인에게

안과 예약 빼고
코로나가 2020년 9월의 하루들을 몽땅 뜯어 갔다.
8월 마지막 날 저녁 대치동 카페 M 약속이 뜯겨 나가자
순곡 소주로 홍취 돋우던
한 달에 한 번 사당동패 회식,
가성비 높은 새 와인 맛보던
한 달에 한두 번 문학과지성사 모임,
10일, 2월에 정했던 춘천도서관 강연,
12일, '소나기마을'의 아버님 20주기 추모제,
17일, 8월에 정한 강서도서관 강연,
24일, 고교 동창들과 넷째 번 목요 모임.
그리고 '아 그 가을 저녁!'이 될 뻔한
최동호와의 수원 양고기 약속,
줄줄이 다 뜯겨 나갔다.
긴 장마와 몇 차례 태풍 끝에 찾아온
깨물어주고픈 9월 한 달이
허수아비 하나 심드렁 서 있는 텅 빈 밭 되었네.

(추신: 9월 말미에

코로나 투정하며 면도하다 턱 벤 자국, 그것도 이틀 연속,
마스크가 가려주기도 했음.)

건성건성

코로나 집콕,
반년 넘어서자 책들이 멀어지고
쇼팽과 드뷔시가 한데 물소리 되었다.
입맛이 나가고
건성건성이 집 안에 자리 잡았다,
라고 하고 싶지만 뵈지는 않고
끊임없이 이어지는 무음(無音)의 둔주곡이다.
오후 두 시, 꽃에 물을 준다.
꽃의 표정도 건성건성. 마스크 꺼내 쓰고 나간다.
후덥지근 장마철 아파트 단지
두 바퀴 돌고 와도 집 안의 표정 그대로다.

건성건성, 이건 고장난 슬픔 같지만
슬픔이라면 새게 할 수나 있지.
참다 참다 땜질 자국 찾아내 납 조각 떼며
죽을 쑤든 엎어버리든 마음대로 해! 하면
새기 시작했어.

건성건성은 소리도 빛도 땜질 자국도 없다.

세 시. 꽃병에 물을 준다.

왜 또? 하지 않고 꽃이 물을 받아 마신다.

잘도 마시는군, 미소 지으려는데, 넘친다!

손수건 꺼내 들고 탁자에 넘친 물 훔치려다 멈칫,

떨어진 꽃잎 하나가 물길을 절묘하게 막고 있다.

중력에 맞서네.

혹시 물 막겠다고 미리 여기 떨어진 건 아닌가.

떨어진 장소와 놓인 각도를 보면

예측하고 떨어진 것 같기도 하다.

아 그 꽃잎에서 조금 떨어진 곳에 꽃잎 또 하나

물하고 관계없이 건성건성 놓여 있다.

후 부니 뒤집힐 듯 뒤집힐 듯 한 뼘쯤 물러간다.

다시 분다. 이번엔 반 뼘쯤 물러가 버틴다.

한 번 더 분다.

이번엔 흠칫흠칫하다 만다.

계속 버티네! 하긴 버팀만으로도

이 코로나 세상에 남아 있을 격 갖춘 게 아니겠나.

옥상 텃밭

아내와 이웃들이 상추 고추 깻잎 조금씩 가꾸는
아파트 옥상 텃밭,
어제 까치들이 날아와 몇 곳을 엉망 만들었다.
올라가 보니 푸성귀 상당수 뽑아버리고
흙 속에서 놀다 갔다.
부리로 깻잎 고추 줄기를 뽑고
흙에 몸을 비벼댔겠지.
보이느니 하늘 아래 온통 콘크리트와 아스팔트,
까치들의 하루하루가
흙에 몸 좀 비벼보고 싶은 나날이 아니었을까?
까치들의 접근 막는다고
아내와 이웃들이 박아논 나무젓가락들을 보며
잠깐 까치 마음이 됐다가 내려왔다.

다음 날은 까치들이 나무젓가락 몇을 뽑았다.
까치 둘은 아직 미련이 남은 듯 옥상 난간에 비켜 앉아
다시 젓가락 심는 아내를 유심히 쳐다보고 있다.
텃밭 임자들에겐 미안한 말이지만,
사람들도 콘크리트와 아스팔트가 지겨워

진흙 찜질하러 달려가고
젊은 까치들이 코로나 퍼뜨린다 야단맞으며
나이트클럽을 기웃대지 않는가?
그렇지 않은가?
까치와 나무젓가락 들을 번갈아 보며
먹먹한 마음 비비다 내려왔다.

코로나 파편들

4인끼리만!
오랜만에 식당에서 아들 내외 손주들과 식사,
모르는 사람들끼리보다도 더 떨어져 앉아.

*

보고 싶은 사람 수 줄기 시작하면
즉시 알려드리겠습니다.

*

8년 전 세상 뜬 친구 김치수, 꿈에 나타났다.
나 그 글 읽었어.
마음에 들지 않다는 거냐?
대답 대신 지공다스* 한 병 내밀었다.
마스크 없이.

*

집콕의 극치는 역시 혼자 있음.
그 있음에 외로움 하나라도 빠뜨리면
혼자 없음.

*

오래 집콕하며 고이는 생각.
왜 나를 미워하는 자를 꼭 미워해야 하는가?

미워하기, 그건 너무 쉬운 일인데.

*

아침이 가고 저녁이 온다.

혼자 있음.

혼자 없음.

지내다 보니

있음이 없음보다 한참 비좁고 불편하다.

*

마지막 시 쓰기 딱 좋은 저녁이 올 것이다.

* 비평가 김치수가 유학한 프랑스 론 지방 특산 와인. 가성비 높다.

서달산 문답

기온 36.6도, 기상청 체감온도 40도,
괜히 돌고 있는 선풍기를 끈다.
말 잘 안 듣는 에어컨 수리기사는 내일에야 온다는데
참다 참다 보니 정말 무덥다.
휴대폰 열어보니 14시,
나가자,
이 코로나 4차 대확산 판에 어디로?

동네 뒷산에 오른다.
표고 180도 안 되는 서달산
갈림길에 이르자 등에 땀 줄줄이 흐르고
더위 아지랑이가 여기저기서 아른아른.
현충원 사당문으로 갈까 상도문으로 갈까?
그냥 여기서 서성댄다? 그건 더 무덥네.
깜짝! 서너 발자국 앞 더위 아지랑이 속에서
박새 하나가 훌쩍 뛰어올라 날아간다.
그가 뛰어오른 자리에
지난날 『벽암록』에 빠졌을 때 만나곤 했던
마음속 은자(隱者)가 모습을 드러낸다. 반갑다.

'마침 잘 왔네. 이 찜통더위에
걸터앉을 데마저 없다. 어떡하지?'
— 견딜 견 자지.
'바로 뛰고 모로 뛰어도 견딜 수 없을 땐?'
— 훌쩍 뛰게.
내 입에서 나도 몰래 주문이 흘러나온다.
수리수리 마하수리 수수리 사바하……

(2021. 8.)

외롭다?

— 미국에 사는 시인 친구에게

외롭고 외롭다는 메일 받았다.
누이동생 별세가 충격이었겠지만
무더운 플로리다 집을 두고
아들이 가까이 사는
시원한 미시간주 여름용 콘도에서
긴소매 옷 입고 산책하며 외롭다는 너,
너의 서울 친구들은 코로나 4차 유행에
반소매 입고도 무덥게 사람 못 보며 산다.
이 코로나 겁박 세상에 우리 나이 또래치고
외롭지 않은 자 얼마 되겠나?
어디부터가 남보다 더한 외로움이고
어디까지가 그런 외로움 아니지?
하긴 이 세상에 나 혼자뿐이라고
혼술 30분 하는 것보다
외롭다고 속 한번 터는 게 편킨 하겠지.
그동안 네가 나보다 따뜻한 시 써왔으니
코로나 거리두는 세태에 짜증 더 나기도 하겠어.
하나 외로움을 징하게 느낀다는 건
바깥세상이 아직 살 만하다는 거 아니겠니.

우리 삶의 끈, 한번 휙 잡아당기면 그만 끝!인데
속 쓸쓸함 잠시 내비치지 않고 있다 가는 게 어때?

(2021. 8.)

눈물

이번에도 안구주사 후 허술한 세척?
병원에서 돌아오자 까칠까칠하던 눈 쓰리기 시작
계속 눈물 쏟아낸다.
삼 년 전인가 같은 주사 맞고 저녁 늦게까지
눈 쓰리고 눈물 한없이 흘러나와
종합병원 응급실로 달려가는 난리 쳤지.
몇 차례 검사 끝에 진료비 세게 물고
치료는 진통제 단 한 방울, 그냥 견뎌보자.

마음 진정시키려 침대에 누워 생각한 게
눈물이 영어로 뭐더라?
영어로 이 한세상 먹고 산 셈인데
이 입에 닳고 닳은 말 어디 갔지?
뇌를 구석구석 뒤져봐도 뜨지 않네.
이 눈물, 번역 깜도 못 되나?

하긴 언제부턴가 마음 다부지게 먹고
눈물을 멀리 또 멀리하며 살았어.
전에는 신문 읽다 나도 몰래 눈에 물기 차올라

시야가 온통 눈물 세상 되기도 했지.
이즈음은 티비에서 비쩍 마른 아프리카 아이가
눈 동그랗게 뜨고 입 흡반처럼 내밀며 배고프다 울어도
눈시울이 발맞춰 동하지 않네.
가만, 이 김에 눈물을 다시 삶 속으로 끌어들인다면
이 눈물쯤 제물에 처리되지 않을까?
그러나 그러나다.
허리 부실에 코로나 겹쳐 막다른 골목 다된 이 삶
된통 눈물로 질척질척댄다면?
그만!
눈 귀 허리 다 불편하고 괴질 아직 횡행하는데
진 땅 마른 땅이 어디 따로 있어?
메모지 꺼내 적는다.
Boots.

(2021. 8.)

바닥을 향하여

바람으로 치면
산들바람처럼 살자.

*

집집이 설치미술 내걸던 빨랫줄들이 사라졌다.
참새들의 발가락과 가을 햇빛이 퇴화할 것이다.

*

같이 살던 사람들이 세상을 빠져나간다.
하나씩 뜯겨 나가는 내 삶의 랜드마크들.
새치기해 슬쩍 세상 뜨는 후배들도 있다.
코로나 거리두기 닥치자
사는 게 견디기 힘들 만큼 헐렁해졌다.

*

코로나 창궐 속에 한층 더 정교해졌다는 AI,
잘나갈 때 인간의 딴소리에도 귀 기울이게,
언젠가 그대도 하던 일 다 내던지고
훌쩍 자리 뜨고 싶을 때 올걸.

*

더 고칠 것이 없다 할 때
마침표가 사라진다.

*

이크, 밟을 뻔.

디디려던 발 바로 밑에 청보라 상큼 제비꽃,

다시 보면 옆으로 또 뒤로

풀 바람에 실려 고개 갸웃갸웃 청보라 보석들!

바닥은 우리가 채 밟지 않은 곳.

삼세번

시력 청력 계속 줄고
기억력, 감탄, 섬뜩하게 졸았지만
삶이 나에게 준 것 아직 많이 챙긴 채
83번째 생일 맞고 또 몇 달 지났다.

아직 산책하다 길섶에서
철 한참 지난 꽃이 얼굴 방끗 내밀거나
마스크 쓰고 만나도 아는 길고양이 피하지 않고
다람쥐도 피하는 척만 하는 걸 보고
사는 것은 제때제때 사는 법 깨치는구나,
하면서도 별 감흥 없이 지나치곤 하지.

하지만 기억력과 감탄은 한탄 속에 산다던가?
방금 깨알 글씨 영어 사전에 확대경 들이대고
앉은자리에서 낱말 하나를 세번째 찾았어.
이런 걸 기억력이라 달고 다녀!
쯧쯧 하다 정신이 번쩍,
내가 이 세상에서 대놓고 혹하는 말
'삼세번!'

2022년 2월 24일(목)

— 최동호 이숭원 김왕노 김광호에게

겨울날치고도 쌀쌀한 2022년 2월 24일 9시 30분.
후배 문사들이
코로나 하루 확진 16만 명 쓰나미 뚫고 밴을 몰고 와
새로 뚫린 보령 해저터널 보러 갔다.

서해안 고속도로
낮게 뜬 가벼운 구름들이 가는 곳마다 따라왔다.
1시간 걸리던 길을 10분으로 바꾼 터널!
대천에서 스며들어 단숨에 안면도로 빠지니
안면송(安眠松)들이 채도 낮추며 침착하게 맞았다.

차 타고 그냥 지나치던 꽃지 해변.
카페 테라스에 앉아
설탕으로 알고 과자 녹인
구수한 얼그레이 마신다.
코로나 겨울에 사람 별로 없다.
해변에는
바닷물이 일정 간격으로 끌고 나간 모래 금들,
처음엔 엉금엉금, 중간에는 쭉쭉,

물가에 가선 흐지부지,
태어남의 일생들이 새겨져 있다.
그 뒤로 구름 몇 덩이 둥둥 뜬
딱 한 줄 수평선.

젊은이 두 쌍이 테라스에 올라와
마스크 벗고 커피를 마신다.
봄날 같은 얼굴들, 맑고 쨍쨍한 목소리들,
모르는 새 테라스가 환해진다.
가만, 바다와 모래밭 구도가 바뀌고 있다.
바다에서 물새들이 날아오고
물이 들어온다, 물이.

곧은 금 굽은 금 가리지 않고
앞서 긋다 만 금부터 먼저
물결이 금들을 지우고 있다.
흔적도 없이.
나의 금도 이렇게 지워지리라.
긴장할 거 없다 몽상도 없다.

그어진 금 거두고 새 금 긋는 거다.

모래밭보다 내가 먼저 젖는다.

지문

엄청 크고 넉넉한 장원(莊園)도 갑갑해
폭설 쌓인 눈길, 마차 타고 기차역으로 달려가
82세 생을 마친 톨스토이.
그 나이에 아파트 한구석에서 코로나 집콕 시작,
오래 미뤄뒀던 톨스토이까지 꺼내 읽으며
2년 이상 버티다가
봄꽃 질 때 나서니 지문이 없어졌다.

새 여권 신청하며 검색기에 엄지 올려놓고
아무리 눌러대도 금들이 나타나지 않는다.
마스크 벗어 들고 승강이 끝에 수속을 마친다.
찜찜하다.

손가락에 묻은 스탬프 액 물티슈로 지우며
생각을 헤치듯 구청을 나온다. 햇빛이 왈칵.
가만, 나도 모르게 세상 여기저기 찍어놓고 갈 물증을
지워버리고 살게 됐어.
홀가분하지.
느낌들을 가볍게 밀며 걷는다.

간판들이 어느 때보다도 재미있게 읽힌다.
거꾸로도 읽힌다.

잠깐! 막 건너려는 길 건너편에
붉은 손바닥 불이 켜진다.
잠시 걸음 멈추고 생각해보자고?
그래, 그래, 알겠어. 하긴 그렇기도 해.
톨스토이 문학을 한마디로 새긴다면
'지워버린 지문이 너를 인도하리라.'

해파랑길

이 코로나 끝날 때
이 땅의 길들 가운데 그중 긋는 획(劃)이 분명한
해운대 오륙도에서 고성 화진포에 이르는 저 해파랑길,
그 길 두어 토막을 무작위로 짚어 걸으리.
고개 넘으면 포구, 포구 벗어나면 해송 숲,
자잘한 섬 같은 거 거느리지 않는 담담한 해변.
기대 않던 곳에서 날아오르는 하얀 물새들,
어스름 때면 멀리서 또 가까이서
바다의 별들처럼 불빛 해 달기 시작하는 고깃배들.
엄청 큰 붓으로 동해 물을 콱 찍어
일필휘지 필력 있게 그은 길을
처음 만나듯 눈 챙겨 뜨고 걸으리.

사람은 어디 있냐고?
저 앞 고개 위 바다 향해 꼿꼿하게 서 있는 사람,
멀리서 보고 걸어가 나란히 서서
슬쩍슬쩍 곁을 살핀 한 시간 가까이
몸짓 한 올 내비치지 않고 동상처럼 서 있다.
그의 가슴에

동해가 통째로 들어와 어깨춤 추고 있으리.

그 춤 슬쩍 빌려 어깨에 두르고

해파랑길 걸으리.

3부

비바람 친 후

후배가 어렵게 첫 손녀 봤다는 문자 뜬 저녁
폭풍이 거세졌다.
밤새 바람과 비가 격하게 몸부림치며
펜션으로 달려들었다.
비바람이 문 박차고 들어올 기세에
잠이 들락날락했다.
혹시 그의 손녀가 맞게 될 폭풍이 아닌가
걱정되기도 했다.
늦결혼 아들 5년 만의 경사라는데.

그러다 아침.
검은 구름 아직 하늘에 남아 있고
채 나가지 못한 물이 마당 군데군데 고여 있지만
펜션 앞 해송 두 그루 매끈하게 몸 털고 있다.
마당에 쓰러진 자전거를 다시 세운다.
비바람 맞아 더 깨끗하다.
지붕의 풍향계는 고개 더 꼿꼿이 세웠다.
멀리서 오고 있는 금빛 가을이 보일 것이다.
이 시로 축하를 대신한다.

서울 소식
—미국 의사 됐던 고(故) 김창영에게

예술원 회원 구술채록총서에 넣을 사진을 찾아
책꽂이 장 속에 던져뒀던 사진 봉투들을 꺼내 뒤적이다가
우리 둘이 함께 찍은 사진을 만났지.
둘이서 들르곤 하던 술집 골목에서
키 훨씬 큰 네가 나와 맞추고 싶다는 듯
어깨 약간 굽히고 흘낏 한눈파는 사진이었어.

이제 너와 내가 아는 서울에서
한눈팔고 싶은 골목들은 거의 다 사라졌다.
사직동 골목이었지, 아마.
사진 속 우리 뒤 손바닥만 한 담장 빈터에서
간질간질 샛노랗게 웃던 민들레도
골목길 담장 뒤에 눈에 띄지 않게 숨어 있다
불현듯 나타나
삶의 속내는 하얗다고 일러주던 목련도
다 갔어.
20년 전인가 네가 모처럼 고국에 들렀을 때
마음먹고 청진동 골목을 돌아다니며

한 집에서 소주 두 잔씩.
마지막으로 들른 집이
해장국 전문 '청진옥'이었던가?
거기서는 석 잔씩.
그 해장국집들과 빈대떡집들도
골목 입구에 고층 빌딩 선 뒤
다 문을 닫거나 숨어버렸어.

지금 네가 온다면
너도 나도 이제 오르막 걷기 좀 힘들어졌겠지만
같이 북촌에나 올라가볼까.
깨끗이 다듬어진 골목길들이 관광 사진 같다고?
그래도 하늘에 낮달 비스듬히 걸리면 예스럽지.
이런!
8년 전인가 네가 미국에서 세상 뜬 걸 알면서도
지금 열심히 이 글 쓰고 있구나.

담쟁이넝쿨

건물 벽에 그어지는 균열은 건물의 상처겠지.
서달산 올라가다 걸음 멈추게 하던 빌라 콘크리트 벽에
번갯불 형상으로 그어지기 시작하던 금,
금년엔 담쟁이넝쿨 검푸른 잎들이 기어올라
가려주었다.
상처 가려주는 삶은 남는 삶이겠지.
잎 색깔도 보는 눈 편하게 검푸르네.
걸음 멈추지 않고 지나가게 되었다.

오늘, 나도 모르게 걸음 멈췄다.
상처가 있던 바로 그 자리
검푸른 잎들 속에서
잎 하나가 빨갛게 불타고 있었다.
조금 지겨운 무대에서 혼자 독백하듯
표나게 타고 있었다.
떼려던 걸음 멈춘다.
상처가 타고 있군.
그동안 뵈지 않게 잘 가려졌다고 믿은 내 상처들에도
빨간 잎들이 나타나 타고 있지 않을까?

재치 있게 처리한다고 꼼지락거리다가
크게 덧난 마음의 상처도 있었지.
어정쩡한 비유라 느끼면서도
혹시 누가 나를 보고 있지 않나 뒤 한번 둘러보고
자리를 떴다.

백 나라 다녀온 후배

오랜만에 다탁을 사이에 두고 마주 앉자
그는 막 백 나라째 다녀왔다고 했다.
직장 일 하고도 나이 칠십에
틈틈이 찾아본 나라가 백이라.
백 나라라니!
인천 노을과 가까운 강화 노을만 해도
들어갔다 나오는 느낌 서로 다른데,
입에 맞는 칵테일 모히토도
고장마다 차이 나게 빚는다던데.
백 개의 색다른 노을과
노을마다 입맛이 다른 술을 맛보았다니!
'풍경들이 서로 겹쳐지기도 했겠지.'
'그렇지요.
안개 낀 나폴리의 루치아 성당 언덕을
정처 없이 걸었더니
이태원 언덕이더군요.'
'혼난 곳은 없었소?'
'패스포트와 현금을 한꺼번에
소매치기당한 곳도 있습니다.

그러나 어딘지는 말하지 않겠습니다.'

이렇게 백 나라가 되는 것이다.

생각을 멈추다

몸과 마음 고단해 조금 늦게 나선 산책길,
해 아직 남아 있을 하늘 쪽을
뭉게구름이 두텁게 막고 있다.
어린 시절
친구 집 방구석에 무얼 가리고 있던 병풍처럼
하늘 한편을 가리고 있다.
전에 가렸던 것은 어린 나와 가까웠던 아이의 몸,
등 오싹해도 병풍 뒤가 궁금했지.
지금 구름이 가리고 있는 건 무엇일까?
허둥지둥 날고 있는 늦둥이 기러기 몇?
오늘 하루를 잊지 말자는 듯
천천히 하늘을 물들이는 노을?
아니면 지평선에 튕겨 어쩔 줄 모르는 해?
생각을 멈춘다.
엇박자 되더라도 가림 없이 살자,가
일찍이 내가 택한 길이지만
가릴 게 도통 없는 삶은 또 얼마나
접어서 골방에 세워둔 병풍처럼 슴슴할까?

조각달

닷새 전만 해도 제철 과일처럼 싱싱했던 그
아차 하는 순간 세상 밖으로 나갔다.
사는 동안 내가 말빚 톡톡히 진 친구.
빈소에서 쐬주 몇 잔 하고
돌아와 독주 두 잔 거푸 들이켜도
마음이 마음대로 움직이지 않는다.
뜬금없이 창가에 앉아 있는 밤.
깜빡 정신 차려보니
하늘에 조각달 하나 박혀 있다.
눈 비비며 더듬는다.
오래전, 그래 참으로 오래전 어느 가을밤
아무리 해도 마음이 마음에 잡히지 않아
밤하늘 올려다봤을 때 처음 만난 조각달,
그 달이 전처럼 양끝 날카롭게 세우고 묻는다,
'너 지금 뭐 하고 있지?'
대답 궁해 머뭇거리자
'그는 지금 한 점 혼불 되어
태양풍을 타고 있다.
지구에서 그와 두 번 세 번 헤어지지 말게.'

속되게 즐기기

옛사람들, 특히 조촐히 살았다는 옛사람들은
달 아래 홀로 거닐거나 혼자 거문고 타는 걸
최상의 즐거움으로 삼았다지만
속되게도 나 혼자서는 잘 즐기지 못한다.
곁을 주는 사람이 없으면
살아 있는 어떤 것 하나라도 대면할 수 있어야
마음 붙이지.

금년 건 다 피웠군,
발코니 한구석으로 치우려 하자
잠깐! 꽃대 하나 쑥 내밀며
앙증스런 꽃 피워 올려 손을 멈추게 하는 실란.
저녁에 귀가할 때
현관 의자 팔걸이에 납작 엎드려
누굴 기다리는가, 조으는가,
다가가도 날아갈 염 않던
양 날개에 동그랗고 검은 무늬 하나씩 해 단
회갈색 나방.
그가 화들짝 내 얼굴로 날아오른다.

조그만 만남이라도 산 것과 마주치면
생짜 삶이 화끈하게 달려든다.

어떤 동짓날

무슨 꿈이 이래?
새벽꿈에 질질 끌려다니다 눈떠보니
아직 밤이다.
일곱 시가 훌쩍 지났을 텐데
동향 창도 아직 캄캄이다.
눈뜨면 아침! 시동 걸 동지 며칠 남았지?
사흘, 나흘?
이런, 언제부터 동짓날 보채는 몸이 되었나?

일기예보에 따르면 이번 동짓날 사당3동엔
바람이 불다 말다 할 것이다.
까치와 비둘기 들이 아파트 현관까지 날아와
땅을 쪼다 갈 것이다.
저녁엔 서달산
나무들이 높이 쳐들고 있는 빈 가지에
빨간 해가 걸릴 것이다.
동짓날답겠지.

하지만 바로 4년 전

이번처럼 보채던 날은 아니었지만 바로 동짓날,
그 빨간 해를 눈부시게 바라보던 다람쥐 하나가
가까이 다가가도 꼼짝 안 했어.
내가 그만 섰지.
순간 위험하다! 소리가 들렸어.
누가 왜 위험한지는 알 수 없었지만
갑자기 시야가 환해졌지.
다람쥐 하나가 나무 아래 서 있었어.
목숨보다 더한 것이 앞에 있다는 듯
내가 열 걸음 안으로 들어왔는데도
고개를 해 쪽으로 향한 채 꼼짝 않고 서 있었어.
내가 덩달아 환해졌어.

슬픈 여우

지난 삼십몇 해 수시로 오르내린 서달산 산책길
허리 삐끗해 정형외과 드나들고 코로나 겹쳐
두세 철 묵혔다 올라가 보니
오르내리며 눈인사 주고받던 다람쥐 나무에
다람쥐 없고
멧새 집 하나가 지어지고 있었다.
알은체하기도 전에 날기부터 하는 멧새,
여기에도 새가 있네 하며 그냥 지나치게 되겠지.
그러나 지나치고 지나치다 언젠가 서로 눈 맞으면
다람쥐처럼 정든 사이 되진 않을까?
정이 들면
다람쥐가 멧새로 환생했다 할 수도 있겠지.
이 생각 참 마음에 든다.
하나 세상 뜰 때 윤회, 그런 게 있다 해도 나는
귀여운 다람쥐나 멧새로 태어나지는 못할 거다.
혹시 꼬리 감추고 나다니는 여우로나 될까 몰라.
어두울 녘 혼자 산길 가는 사람 앞에
예쁜 색시로 나타나 홀리는 대신
도로표지판이나 슬쩍 바꿔

사람들을 안 가본 데로 가보게 하는 여우.
이 여우 같은 놈! 소리 벌써 들리지만
그런다고 열받는 여우 봤어?
안광 낮추고 킬킬대겠지.

까치

간밤에 눈이 꽤 내렸군.
현관 나서기 바쁘게 까치와 만났다.
덮인 눈 댓 걸음 앞에서
나를 향해 고개 살짝 쳐들고 있는 그를 보자
미끌! 멈칫!
눈길 첫걸음을 바로잡았다.

걸음 다스리느라
까치 서두르지 않게 한 거 잘했다.
그 누구보다도 우아한 흑백 옷 차려입고
옷 같은 데 마음 쓰지 않는다는 듯 늘상 걸음으로
한 발 두 발 눈길 조심히 걷는 나보다
대여섯 걸음 앞서 흰 눈 위를 걷는다.
냄새와 소리가 없는 조그만 그림이 걷는 것 같다.
옷차림처럼 말이 적고
비둘기처럼 친근하게 굴지 않지만
일부러 피하지도 않는다.
혹시 저세상에도 새가 있다면
입구에서 멈칫, 까치가 나를 맞진 않을까?

저세상은 이 세상과 정반대라고 하는데
어깨 꾸부정 천천히 걷는 나를 까치가 뒤따르며
괜찮다 괜찮아, 가슴만 좀 펴고, 하진 않을까?

병원을 노래하다

병원 몇이 서로 바투 자리 잡은 등대들처럼
불빛 보내기 시작한 지 꽤 되었다.
지난 반년간 오라는 신호 보낸 병원 외래만도
안과 가정의학과 이비인후과 치과
이번엔 정형외과.
병원 예약이 식사 약속을 넘본다.
하긴 꽃잎 흩날리는 봄날 병원에서 태어나
눈발 휘날릴 때 병원에서 문상객 맞는 이즈음,
어지러운 세상일 머리 한번 가로젓고
살던 곳에서 그냥 잠들긴 어렵게 되었다.

황반변성으로 병원 간 김에
마침 안구주사 거르게 되어
마음먹고 다른 과들을 둘러봤다.
환자 두셋이 앉아 기다리는 과도 있고
어떤 과는 세일 마트처럼 웅성대기도 했다.
자리 양보하고 일어서는 젊은이도 있었다.

쫓기듯 밖으로 나왔다.

꼬리 막 거두는 초겨울 햇빛.
어둑한 도로는 차들로 메이고
종종걸음 치는 사람들.
젊은이 하나가 내 어깨를 툭 치고 지나갔다.
걸어가며 두리번대지 마시오!

두리번대든 앰뷸런스에 실려 가든
오래 산다는 건 병원 오가는 일,
어느 날 병원에 닿으면
골드베르크 변주곡*이 시작되겠지.
서른 번 변주 하나하나가 노래와 춤의 간이역들
그 어느 하나에 혹해 미리 내리지는 않을 거다.
마지막에 다시 뜨는 무지개 같은 주제 아리아를
흥얼거리며 내릴 거다.
서른 번 변주시켜도 계속 민낯 내미는 고통들과도
병원 오가며 형님 아우 하게 됐거든.

* 바흐가 불면증 앓는 골드베르크 백작을 위해 작곡한 변주곡.

호야꽃

초여름 어느 날
발코니의 다른 꽃들 모두 깜빡 사라지자
풀과 나무들 사이에서 상체 푹 숙이고 있던 넝쿨
숙인 꽃대에서 슬그머니 고개 쳐드는 호야꽃.
자세히 들여다보니
가슴에 조그맣고 빨간 별 새긴
30여 송이 흰 꽃들의 단단한 묶음.
보면 볼수록
다연발 로켓포 모형이다.
우크라 전쟁 때문인가, 꽃을 두고 로켓포라니!
생각을 눅이려고 꽃잎을 어루만진다.
나긋해 보이는 손톱보다 작은 꽃 이파리들
옆에 버티고 선 고무나무의 손바닥 크기 잎보다
더 두텁고 단단하다.
제 꽃잎 문질러대도 모르는 척 즐기는 꽃도 있네.

호야꽃 노랫조로 응답:
'이런 꽃이라도 피워놓아야
이 억지와 폭력이 판치는 세상에서

노래할 수 있지.

다연발 꽃 포는 성대(聲帶)도 되네.

들어보게,

'세상 사람들 뭐라 뭐라 해도

꽃이 노래하다 죽어야 열매가 열지.'

그리움을 그리워 말게

점점 무거워지는 다리가 지팡이에 눈 주기 전
다보탑과 석가탑을 한 번 더 만나보자고
마음 미리 띄워놓고 경주 백일장 심사 갔습니다.
행사장 부근에 불국사가 있었지요.
하나 주최 측이 신경주역에 내린 나를 차에 싣고
곧장 토함산 고개 넘어 감포 횟집으로 가는 바람에
행사 날은 기차 시간 남기고 할 일 빠듯해
못 만나고 돌아왔습니다.

못 보니 더 보고 싶었겠지요.
서울에 돌아온 늦저녁
오래전에 책장 맨 아래 칸에 끼워뒀던
불국사 소개 사진첩을 꺼냈습니다.
대웅전 뜰 양편에 알맞게 사이 두고 서 있는
서로 짜임새 아주 다르지만
각기 아찔하게 기품 있는 두 탑!
한 탑은 식어가는 마음 고쳐 달궈주고
한 탑은 그 마음에 초롱불 달아주곤 했지.
탑들의 원력(願力)이 해를 붙들고 있는지

대웅전 앞뜰이 환했습니다.

두 탑이 이중창하듯 말했지요.
우릴 다시 보기 위해 불국사에 올 필요는 없네.
벌써 여러 차례 만나 이야기 한참씩 나눈 데다
언젠가 쌍탑돌이도 했지 않은가.
곤한 여행 끝에 사진까지 꺼내 들다니!
(목소리 조금 낮추며) 그리움을 그리워 말게.
나는 목에 힘을 주어
그래도 보고 싶은데, 했지요.
그들의 응답: 마음만으로 족하이.
대웅전 앞뜰 불빛 낮추고 가네.

그날 저녁

세상 뜰 때
아내에게 오래 같이 살아줘 고맙다 하고
(말 대신 손 한번 꽉 잡아주고)
가구들과는 눈으로 작별, 외톨이가 되어
삶의 마지막 토막을 보낸 사당3동 골목들을
한 번 더 둘러보고 가리.

가만, 근자에 아파트와 빌라 들 가득 들어서
둘러볼 골목 별로 남지 않았군.
살던 아파트 지척, 구두 수선 퀀셋 앞
콘크리트 바닥에
산나물 고추 생밤 내놓고
무작정 앉아 있는 할머니한테서
작은 밤 한 봉지 사 들고
끝물 나뭇잎들 날리는 서달산에 오르리.
낮비 잠시 뿌렸는지 하늘과 숲이 밝다.
하직 인사 없이 헤어진 다람쥐가 나를 알아볼까?
약수터에 전처럼 비늘구름 환하게 떠 있을까?
그런 호사스런 생각은 삼가기로 하자.

운 좋게 귀여운 다람쥐 만나 밤 몇 톨 꺼내놓고
몇 발짝 걸어가다 되돌아와 밤 다 내려놓고
길에 굴러 들어온 돌멩이는
슬쩍 걷어차 길섶으로 되돌려보내고
서달산 능선 길을 아끼듯 걸으리.

벤치 하나, 둘이 서로 얽히듯 서 있는 나무,
약수터가 지나간다.
하늘에 샛별이 돋는다.
이 별 뜨면 가던 걸음 멈추고
무언가 맹세하곤 했지.
참맹세든 헛맹세든
지난 맹세는 다 그립다.
내일 저녁에도 이 별은 뜨리라.
걸으리,
가다 서다 하는 내 걸음 참고 함께 걷다
길이 이제 그만 바닥을 지울 때까지.

4부

홍천군 내면 펜션의 하룻밤

악몽이랄까, 꿈자리 계속 뒤숭숭해
오랜만에 찾아 들어온 홍천군 내면의 한 펜션.
티비 끄고 휴대폰 놔두고 밖에 나오니
하늘의 별들이 새삼 가깝다.
풀벌레 소리도 바로 지척.
그동안 이들 생각 별로 않고 지내왔는데
이처럼 가까이서 벅찬 공간 만들고 있었었구나.
밤하늘에 구멍 송송 뚫고 빛나는
도시의 별들보다 더 분명하고 정다운 별들,
쉼표 같은 거 다 잊고
목숨 다해 노래하는 풀벌레들,
별똥별 하나 금을 끝까지 그으며 내려온다.

오랜만에 한바탕 눈 부시고 귀 부셨으니
계속 이어지는 정처 없이 헤매다 뭉개지는 꿈
오늘 밤엔 그 어떤 꿈이 오더라도
별빛 듬뿍 받고 풀벌레 소리 속을 담담히 걸어
커피와 시가 있는 아침에 가닿을 거다.

태안 큰 노을

가을날 태안에 일보러 갔다가
큰 노을을 만났다.
섬들이 숨죽이고 있었다.
점점 굵어지던 붉은 수평선
하늘과 바다를 조금씩 덮어가다가
확 풀린다.
바다를 날던 새들이 하늘 속을 날고
바다 한가운데
길고 넓은 새 물길 하나 태어나
하늘보다도 더 밝게 출렁거린다.
달아날세라 꽉 붙잡고 놓지 않던 생각들
멀리 떠나보내려 해도 꿈쩍 않던 생각들이
다 같이 옷 붉게 해 입고
밝은 물길에 뛰어들어 어깨춤 춘다.
마음이 빈다.
바닥이 훤히 보일 만큼.

이때다!
이 노을 한 장 떠가지고 쾌히 떠날 채비하니

이런! 한두 장으로 떠가기엔
너무 환하고 장쾌한 노을.

꽃 울타리

삼 년 전엔가 새로 올린 아파트 곁을
무심히 지나가다가
아 향내!
금속 줄 성글게 친 울타리 안팎으로 장미들이
장맛물 불어나듯 피어 있었다.
오래된 게 가구부터 마음 편케 하지만
삼십 년 넘게 정든 내 아파트 콘크리트 담장보다는
새 아파트 꽃 울타리가 더 마음에 든다.
시멘트 담 기어올라 피었다 곧 사그라드는 나팔꽃이 아닌
날이 갈수록 흥취 돋우는 장미들의 축제!
그걸 보러 일부러 돌아가기도 했어.

그래, 축제에는 끝이 있지.
얼마 후 지나다 보니
꽃 다 지고 잎들만 남았어.
별 볼 일 없어졌군, 하며 그냥 지나치려다
잎 사이를 슬쩍 들여다봤지.
울타리 속으로 얼핏 뵈는 분홍 꽃, 배롱나무꽃?
저건 뭐지?

빨갛고 파란 꽃신 한 짝?
다른 한 짝은?
푸들 한 마리 나타나 꽃신 냄새 맡아보고
별것 아니라고 나를 보며 꼬리 흔들며 가네.
꽃 울타리엔 속이 있었어,
속이 있는 사람처럼.

해시계

오래전 아주 오래전 초등학교 때
4년 동안 산 경희궁터 옛 서울고 관사,
대형 방공호 가는 길에 해시계가 있었다.
반듯한 대리석 판에 박은 청동 구조물 그림자가
밥 먹을 시간 아직 남았어, 일러주곤 했지.
대리석에 도랑처럼 번지는 녹 얼룩 보며
시간을 붙들고 놀기도 했어.

더 늙으면 다시 아이가 된다는데
해그림자 보며 밥때 기다리던 아이 되진 않을까?
방금 새에게 찍혔는지
해시계 위로 빙빙 돌며 내려오는 매미 날개 하나,
그 날개에 새겨진
한 날아다닌 삶의 시작과 끝을 한눈에 보여주는
줄무늬 들여다보다
조심스레 해시계에 올려놓고
훅 불어 다시 날리는 아이가 될까?

흑갈색 점 하나

이중창 속 바깥 유리에
흑갈색 점 하나 붙어 있다.
어디서 본 것 같아 다시 보니
조그맣게 말라버린 날벌레,
쬐끄만 날개 반쯤 펼친 채 붙어 있다.
나갈 틈을 찾다 찾다
유리에 붙어 한 점 흑갈색으로 마를 때까지
그 날개를 얼마나 간절히 폈다 접었다 했을까?

세상 뜨기 전 날벌레는
자신에게 닥친 운명을 탓하진 않았을까?
쬐끄만 머릿속으로
엄청 큰 생각들이 들락날락했겠지.
생각 떨치려고 몸을 떨기도 했겠지.
그러다 어느 순간 꽉 막힌 두 유리창 사이로
죽음이 환하게 동트진 않았을까?

그 바다

사람은커녕 소나무 하나 달랑 서 있는 섬도 없이
지나가는 배도 없이
물새들만 날던 바다가 꿈에 거푸 나타나
마음먹고 그곳 다시 찾은 적 있었지.
텅 빈 마을 다 된 곳
살구꽃이 혼자 귓것처럼 핀 집 앞에 차를 세우며
그냥 돌아갈까 생각도 했어.

허리까지 풀 차올라 길 잘못 든 느낌 드는 자드락길을 걸어
언덕을 넘자
파도 잔잔하고 환한 바다,
하얀 새들이 날고 있었어.
그중 한 마리는 어중간 잿빛,
외따로 날았지.
그가 날쌔게 물을 박찼어. 고기잡이? 허탕.
공중 두 바퀴 돌고 다시 물을 박찼지. 이번에도 허탕.
이것 보게, 그가 가까이 가자
뵈진 않지만 자기들이 친 금 안에 들지 말라는 듯

흰 새들이 슬슬 피하는 게 아닌가.
그 새는 다시 금 밖으로 나왔지.

몇 해 만인가? 어젯밤 꿈에
그 바다 다시 떴어.
새 하나 날지 않고 물결도 자는 바다.
검은 펄 한가운데 박힌 흰 스티로폼 상자 위에
잿빛 새 하나 외발로 폼 잡고 서 있었지.
상자 앞에서
집게발 높이 치켜든 조그만 농게들이
마음 놓고 기어다녔어.

혼불

모시 촉감으로 흐르던 발코니의 귀뚜리 소리
언제 그쳤지?
노랑 빨강 단풍잎을 하나씩
바위 틈새로 래프팅시키던 티비,
화면 비우고 사라졌다.
빛바랜 노박덩굴 열매를 보석처럼 달고 30년 이상 버
텨온
목 길쑴한 음각 연꽃무늬 황동 화병도 갔다.
인도 콜카타, 저녁 물속 같은 골목에서 건져 온 건데.
둥치까지 초록색 나무 위에 뜬 쪼그맣고 빨간 해를 향해
해보다 더 큰 새들이 한 줄로 날아가는
장욱진 그림 복사품도
다음 세상 황혼까지 가득 채워
뭐 더 들일 자리 아예 없앤
마크 로스코의 마지막 그림 복사품도
다 자리 떴다.
그래, 알고 있어.
바흐의 푸가와 가야금산조를 번갈아 울려주던
오디오도 갔지.

치밀하게 짠 듯한 그들의 탈주, 섭섭지만,
나한테도 살던 데서 탈주하고 싶었던 적
어디 한두 번인가.
그대들, 그동안 남보다 열 더 받고 산 자와
같이 살아준 거 정말 고맙네.
이제부턴 내가 없는 곳에 가서
홀가분하게들 살게.

새벽잠 곤히 든 아내 일부러 깨우지 말자.
갓 들인 고무나무가
엽록소 빠지는 이파리 계속 떨어뜨려
엊그제 아내와 함께
별 받아보라고 발코니로 옮겨줬지.
그새 한숨 돌렸나?
퍼뜩 본 발코니, 그 나무,
처졌던 잎들을 훌쩍 위로 쳐들고 있다.
가만, 구닥다리 내 강연 광고가 벽에 비뚜로 걸려 있군.
의자 어디 있지? 뵈지 않네. 그럼 식탁 의자는?
이런! 바로 옆에 의자 두고 의자 찾고 있구나.

삶의 굴레 벗어나고도 제때 자리 못 뜨고
어정대다 들키는 이 민망함!
이러다 이 세상 제대로 뜨지 못하고
거실 장식장 뒷등 같은 데 안 보이게 올라붙어
혼자 타다 꺼지는 조그만 혼불 되진 않을까?
쉰네 해 같이 살아준 아내의 혼잣말 새삼 귀담아듣고
왜 여태 그걸 모르고 살았지, 하게 되진 않을까?

혼불 2

잘 안 보이게 장식장 뒷등에 올라붙어
생각을 태우다 간다.
당연한 것으로 받아들였던 정말 고마웠던 일들
듣기 좋게 말하고 나 편케 챙긴 일들이
남 좋게 해준 일들 앞에 줄지어 서 있다.
이들의 조그만 창 하나하나에서
누군가 빼꼼빼꼼 내다보고 있다.
나다.
아리고 저리다.
생각을 태우다 간다.

묘비명

극락전에 맴돌던 호랑나비가
꿈속까지 날아와 춤을 췄지만
극락을 꿈꾼 적은 없었다.
삼인칭들끼리 모여 사는 곳으로 갔다.

「나는 자연인이다」

이즘 와서 지난날 생각에 한참씩 잠기곤 한다.
잘못한 일들 알고 당한 일들이
턱들을 세우고 앞에 나란히 서는 거다.
새로 얽히는 일도
제때 풀지 못하고 허둥대는데
지났다고 잊어버렸던 일들까지 불쑥불쑥 나서서
다시 봐달라니!
버리려던 A4 용지 자투리 잘라내고
학을 접다 헛접고
종이까지 말썽이네! 신경 곤두세웠지.
그냥 놔두면 될 일에 마음 쓰는 게 바로
모든 일에 내 남 탓하는 늙은이의
마른 외로움 아닌가?
(누군가 헛기침하는 소리.)

티비를 켠다,
채널을 돌린다. 정지!
「나는 자연인이다」
'자연인'들이 올라가 사는 산수,

*데자뷔*인데도 놀랍고 신선하다.
나무 풀 물 그리고 바람 소리 속에 그들은
목숨을 끝장까지 몰고 갔던 병마의 기억이나
디디고 살던 땅이 통째로 꺼졌던 실패의 기억을
있는 그대로 던져두고 산다.
조그만 삽 또는 낫을 들고
실제로 해 뜨고 물 흐르는
산수화 속을 오르내린다.
그들은 말한다.
외롭다는 생각 같은 거 나올 틈 없이
이렇게 산 오르내리며 사는 게 그저 좋을 뿐,
이 세상 끝장까지 가봤다는 게
자랑이 아닙니다.
자랑은 외로운 자들의 몫이지요.

아 나보다 한 수 위!
그들이 좋은 약초 모아 잘 달인 차를 마실 때
허브차로 목을 적시며 마음 가다듬는다.
자연이여,

표고 180도 안 되는 동네 뒷산을 표 *나게* 오르내린 나를
행여 그대의 사람 속에 껴주진 마시게.

길 잃은 새

우유 같은 안개가 창밖에 가득 낀 날
늦세수하고 방에 들어오니
머리와 목이 까만 새 곤줄박인가?
창턱에 앉아 있었다.
유리 한 장 사인데 바싹 다가가도
그의 프로필 꿈쩍 않네.
안개 속에 길 잃고 헤매다
뇌에도 안개가 꼈나?
하긴 길 잃고 정신없이 날아다녔으면
모처럼 앉게 된 곳에서 꿈쩍하고 싶지 않겠지.
근데 하필 왜 내 집 창턱?
오래된 아파트,
집집이 창틀에 꽉 찬 창 새로 해 달아
달리 앉을 곳 찾기 힘들었겠지.

나도 76년 전인가
초등학교 1학년 때 처음 만난 서울,
오자마자 길 잃고 안개 속처럼 헤맸어.
오전부터 처음 보는 길을 걸었는데

저녁에도 같은 길을 걷고 있었지.
당시 흔치 않던 탑골공원 벤치,
얼마나 반갑고 반가웠던가!
거기서 숨 바로잡고 이모님 댁 찾았어.

그후 길 잃고 헤매다 만난
벤치, 정거장, 카페, 인간의 품,
나의 삶 처처에 박혀 있는 반가움들이여,
그대들 하나하나가
길 잃고 정신없이 헤맬 때 사는 끈 새로 잡게 한
따끈따끈 손길들!

새가 안개 쪽으로 몸을 돌린다.
생각을 잠그며 거실로 간다.
아기 새 빼고 길 잃어보지 않은 새 어딨어?
잘 잠기지 않아 찻물 끓인다.

한밤에 깨어

지난밤 간신히 잡은 게 '모범택시'였지 아마.
한밤에 깨어 불현듯 떠오르는 추억이 있다.
40년 전 LA로 처음 문학강연 갔을 때
뒤풀이 자리에 모인 이십여 분에게
하고 싶은 말씀들 하시라 하자
부산 마산 광주 목포 대전 서울
떠나온 고장과 얽힌 사연 들 각인각색이었으나
타고 온 비행기 이름만은 하나같이
노스웨스트, 아니면 팬 아메리카,
지금은 없어졌지만
나도 그 둘을 번갈아 타고 미국 오갔지.
어떤 이는 항공사 이름을 먼저 대기도 했어.
'저는 팬 아메리캅니다.'

50여 년 전
미국 아이오와대 창작 프로그램에 가서 8개월 묵은
기숙사 겸 오피스텔 이름도
영국의 청교도들이 처음 타고 미국에 온 배
'메이 플라워.'

누군가 나에게 무얼 타고 서울에 왔냐 물으면
뭐라 답하지?
협궤철도 황해남부선은 생각난다,
앉아 있기도 힘들었던 만원 열차.
그러나 세상눈 채 뜨기 전 초등학교 일년생 때 일이니
검은 천에 흰 해골 깃발 휘날리는
해적선 타고 왔다 하면 어떨까?
해적들이 웃겠지.
한밤에 깨어.

싸락눈

몸이 전 같지 않아 술 확 줄이고
오랜만에 하룻밤 보낸 민박집 아침
싸락눈이 내리고 있었다.
바람이 눈을 공중에 날리기도 하고
툇마루 앞으로 모이게도 한다.
참새 몇이 마당에 내려와
싸락눈 알갱인가 흙인가 쪼다 가고
바람이 방향을 다시 바꿨는지
툇마루에 걸터앉은 나한테로 눈발이 날려 온다.
싸락눈 알갱이들이 오른편 손등에 올라앉자
탱글탱글 감각들이 간지럽게 태어난다.
하나 둘 셋 넷, 일곱, 천천히 두 번 세고
휴대폰 꺼내려고 훅 분다.
폰 꺼내 들자 받을 사람이 깜빡,
싸락눈이 사람을 가지고 노네.

건성으로 폰 든 손등이 허전해
날아오는 싸락눈을 다시 받는다.
하나 둘 셋 넷, 일곱, 그만!

전화 받을 사람이 떠오른다.

그의 십팔번 노랫가락도 뜬다.

그동안 혼자 즐기는 일 죄 날린 줄 알았더니

휴대폰 든 손이 들썩들썩.

이 지구 한 귀퉁이 조그만 툇마루에

누군가 용케 걸터앉아 놀고 있구나.

속이 빈 나무

잘 아는 고교 동창 둘이 세상 뜬 다음 날
러닝머신 조금 더 조금 더 타다 척추협착증 도져
바깥출입을 며칠 못 했다.
거실 의자에 앉아
지난 신문이나 뒤적이다 깨닫게 된 게
이제 이 몸 나이테 꽉 차 터지기 시작한 나무,
살펴보니 잘 안 뵈는 속도 한참 비었다.
올빼미 한 쌍쯤 들어와
몸 절반 크기 얼굴 끄덕끄덕
말없이 주인들처럼 살았으면.

하지만 서달산 오르는 길의 집들
모두 빌라로 바뀌어
알 만한 새들 다 도망갔으니
어디서 올빼미를 모셔 온다?

언제부턴가 창밖에 장대비 퍼붓고 있다.
속이 빈 몸에 장대비, 아 생각난다,
이십 년 전인가

차 몰고 지리산을 한 바퀴 돌다
갑작스레 닥친 폭우에 와이퍼 있으나 마나
차 세우고 들어간 가게 옆에 서 있던
속이 빈 고목나무. 비 그쳐 나오자 그 속에서
새 한 떼가 나 몰라라 튀어나왔어.

가만, 장대비 마주하는 내 속도 그냥은 아니군.
세찬 빗줄기에 몸 둘 곳 몰라 하던
조그만 새 몇이 들어와
몸들을 녹이며 토닥거리지 않나?
이리 왔다 저리 갔다 마음 다잡는 놈도 있고
벽을 콕콕 쪼아대는 녀석도 있다.
잡새들! 다시 보니
아, 세월에 밀려 내팽개쳐진 나의 잡생각들!
신문 읽다가 나도 모르게 부르르 떨던 놈까지.
잡생각이면 어때?
새든 생각이든 모질게 퍼붓는 비바람을
조금이라도 따뜻하게 가려주는 일,
살아 있는 자면 해줄 만한 일이 아닌가?

그런데 혹시
내 속보다 나무 속이 더 넓고 편치는 않을까?
생각을 달랜다,
인간의 마음을 접지 마시게.

뒤풀이 자리에서

지방 강연 끝낸 후 뒤풀이 자리에서 그 지역 신문기자가
거반 빈 잔에 맥주 새로 부어주며 물었다.
혹시 돌아가실 때 하실 말씀
준비된 게 있습니까?
강연 끝내고 돌아가며
남기고 싶은 말 있느냐 묻는다 생각하고
'만족스럽습니다.
청중의 반응도 참 좋았고.'
대답하자 아차! 기자의 얼굴에 금시
그런 질문 아니라는 표정이 그어졌다.
맥주 한 모금으로 목을 적시고
다시 답했다.
'살아 있는 게 아직 유혹일 때 갑니다.'

사당3동 별곡

삼십이 년 전 서초구 반포동에서 살다 동작구 사당3동의 새로 지은 아파트로 이사 올 때는 도심에서 벗어나 근교로 나가는 심정이었다. 부모님과 같이 신청해 추첨 결과 같은 동 같은 엘리베이터, 부모님은 4층, 내 가족은 8층에 살게 된 아파트였다. 장마가 오면 아직 포장 덜 된 길들이 질척질척했고 주변엔 무허가 움막들도 있었다. 그러나 지하 주차장이 없었는데도 건물 동 간 간격이 넓어 차 대기가 쉬웠다. 집 동쪽 창에서 내려다보면 일이 층짜리 집들이 건너편 언덕까지 시원하게 펼쳐져 있어 전망이 좋았고, 서쪽 창 즉 발코니에 나가면 비둘기나 까치 등 아는 새들은 물론 모르는 새들도 많이 날아다녔다. 북쪽으로는 현충원과 현충원을 둘러싸고 있는 서달산이 가까워 공기도 좋았다.

처음에는 이곳에 이사 온 의미를 제대로 깨닫지 못했다. 학교 일이 바빴고 틈이 나면 친구들과 시내에서 만나 시간을 보냈기 때문이다. 집 근처엔 변변한 치킨집도 없었다. 아파트 입주 후 십 년 남짓 지나 직장 은퇴 날짜가 다가올 때가 되어서야 주차장이 좁아지고 동네 길들이 떠오르기 시작했다.

그 무렵부터 동네를 걸었다. 전에 두어 번 답사하고 치웠던 현충원 가는 길, 그 길 자체에 재미를 붙였다. 집에서 나가 짧은 버스 한 정거장 거리를 올라가면 얼마 전까지 두 개 노선 마을버스 종점이었던 미니 광장이 나타난다. (지금은 두 버스 중 하나가 종점을 현충원 가는 길 위쪽에 새로 지은 사당체육관으로 옮겼다.) 십여 년 전 그러니까 두 버스 종점이 아직 같이 있을 때 한겨울 밤 아파트 후문 정거장에서 버스를 내려 집에 들어가지 않고 종점까지 걸어 올라갔었다. 삼각형 미니 광장 한 변에 있는 버스 종점에서 휴대폰을 흘끔흘끔 들여다보며 누구인가 골똘히 기다리고 있는 키 크고 허리 약간 굽은 여자를 만났다. 그녀 옆에 나도 누구를 기다리듯 서서 별들의 변화를 보다가

> '무언가 간절히 기다리고 있는 사람 곁에서
>
> 어둠이나 빛에 대해선 말하지 않는다!'

고 다짐하게 되는 시 「겨울밤 0시 5분」의 무대이다.

거기서 곧장 올라가다 왼편으로 서달산에 오르기 시작해서 약수터를 거치고 능선 길을 조금 걸어 현충원 사당 동문에 도달하는 왼쪽 길이 있었다. 그 길 오른쪽으로 현

충원 입구 사당동문으로 가기 위해 서달산 자락 길을 타기 시작하는 길 셋이 있었다. 중간에 가로지르는 길이 있어 이 길 저 길 골라 현충원에 오른다면 가는 동선만 열 개쯤 되었다. 돌아오는 길을 또 바꾼다면 수십 가지 오르내리는 길이 생기는 것이다.

부촌은 아니었지만 거의 모든 집이 야트막한 담장과 잘 가꾼 꽃밭을 가진 동네였다. 꽃밭이 아니어도 담장 뒤로 매화가 화사하게 핀 집, 목련이 멋있는 집. 아 산수유, 하다 보면 현충원 입구에 닿곤 했다. 가는 동안 평범한 문 지붕 위에 엄청 큰 호박이 올라앉아 있기도 했고 담장 밖으로 황금 감 덩어리를 주렁주렁 매단 집도 있었다. 꽃밭이 없는 이층집에선 창틀에 계절마다 새 화분을 내놓았다.

그렇다. 은퇴 얼마 전부터 한 십 년간, 서울 같은 거대 도시에선 좀처럼 맛보기 힘든 아기자기하고 즐거운 산책을 즐길 수 있었다. 집을 나서 서달산 쪽으로 간다는 것부터가 기분이 좋았다. 몇 번 본 강아지가 한참 따라오다 돌아가기도 했고 길고양이들이 앞서 걷기도 했다. 서달산은 표고 179미터밖에 안 되는 낮은 산이다. 그러나 능선이 길게 현충원을 감싸고 있다. 그 산에서 꿩이 꿩 꿩 울기도 했고 까투리가 새끼들을 데리고 오솔길을 건너기도 했다. 잡으려 들면 현충원 너머로 도망가곤 했을 거다. 다람쥐도 멧새도 여럿 살았다. 산 아래 가장자리에 서 있던 나무들이 한둘 베어지기도 했지만 나무들도 잘 보존되고 있었다.

그 두번째 십 년 끝 무렵 주위의 집들 속에 티 나지 않게 숨어 있던 낡은 4층 아파트들이 헐리고 대형 고층 아파트가 둘이나 들어서자 현충원 가는 길의 집들이 빌라 즉 다가구주택으로 바뀌기 시작했다. 하나씩 둘씩. 사 년 전쯤에는 꽃밭들이 몽땅 사라졌다. 이 년 전에는 내 아파트 동편으로 전망 좋게 펼쳐졌던 일이 층 집들도 사라지고 고층 아파트 몇이 들어섰다. 보기만 해도 즐거웠던 현충원 가는 길들이 주어진 땅을 꽉 채운 사오 층 빌라들 사이 어둑한 골목길들이 되고 산책길은 그 골목들을 다 지나서야 시작되는 서달산으로 축소되었다. 즐거운 산책이 즐거웠던 추억이 되는 데 몇 년 걸리지 않았다.

작년 여름부터인가 몸이 말을 잘 듣지 않아 현충원 입구까지 가서 서달산에 발을 들여놓지 않고 되돌아올 때도 있게 되었다. 오래 걷기 힘들고 또 오가는 길의 재미마저 없어져 횟수가 줄었지만 그래도 산책은 계속되었다. 그러다가 새로운 일이 생겨났다. 별로 볼 것 없는 빌라 골목들을 걷다 보니, 그리고 언제부터인가 확연히 느려진 걸음으로 천천히 걷다 보니, 시력 대신 뇌 운동이 활발해진 것이다. 많은 생각을 하게 되었다. 대표적인 것 두엇을 고른다면, 우선 우연에 대한 생각이 바뀌었다. 살다 보면 수없이 많은 우연을 만나게 된다. 좋은 꽃들을 골라 정성 들여 가꾼 꽃밭을 만나는 일은 즐겁다. 그러나 온통 시멘트로 포장된 빌라 골목길 어디에선가 시멘트 터진 틈을 뚫고 나와 꽃을 피운 풀꽃을 만나는 우연은 예기치 않은 기쁨을 준다. 눈치 안 보고 먹이를 찾아 돌아다니다가 바로 앞에서 화다닥 날아오르는 멧새를 만나는 우연도 그렇다. 모처럼 땅에 내려왔군, 하며 눈인사를 새롭게 나누게 되는 다람쥐와의 우연도 있다. 우연한 만남이 주는 놀라움 섞인 반가움은 기대했던 만남이 주는 즐거움보다 더하면 더했지 못하지 않았다. 우연을 제대로 받아들이지 않으면 세상 사는 즐거움 80~90퍼센트를 잃을 수 있다.

또 하나는 저 수없이 많은 현충원 묘지들 하나하나에 심어논 가화들을 보며 갖게 된 느낌을 정리한 것이다. 가화 대신 생화를 심는다면 오래가지 못할뿐더러 일손과 경비가 무척 들 것이다. 그러나 현충원에 올라가 묘지마다 예외 없이 꽂힌 수많은 가화를 볼 때마다 지나치게 형식적이라는 생각을 금할 수 없었다. 가화에는 향기도 나비도 없다. 플라스틱으로 만든 가화는 생화와 달리 나름대로 '영생'할 뿐이다. 현충원행 빌라 골목을 걷다가 깨닫게 된 것, 파스칼이 『팡세』에서 언급한 명제, 즉 영생이 있는지 없는지 모르지만 영생을 믿으면 죽을 때 밑져야 본전이다는 명제는 고쳐질 수 있다. 사는 기쁨을 제대로 맛보려면, 혹시 영생을 믿는 사람일지라도, 1회밖에 주어지지 않는 진짜 꽃의 삶을 살아보기도 하는 게 바람직하다.

지난 일 년 몇 개월 동안 코로나바이러스로 외출 자체

가 감소하는 바람에 그나마 잘 알게 된 현충원과 서달산을 소재로 한 시들이 늘기도 했지만, 시가 아니고도 사당3동에 살게 된 행운에 감사하고 싶다. 현충원 가까운 아파트에 살지 않았다면 다음과 같은 우연과 일회성이 힘을 합쳐 엮는 삶의 순간을 어떻게 누릴 수 있을 것인가.

굵은 빗방울 이마를 때리자
주위를 에워싸는 빗줄기
서둘러 가까운 정자에 들어간다.
빗물 털며 벤치에 앉자 맞은편 벤치에 먼저 와 있던 사내
나보다 조금 젊어 뵈는, 표정이 장난스런,
눈웃음 보내며 신문지로 싼 병을 입에 댄다.
기울인 각도를 보니
빈 병이다. (안됐다.)
단념한 듯 병의 각도를 세운다.
위로하느라 '빗소리가 참 좋군요.'
그가 씩 웃으며 '비 냄새도 좋죠.'

갑자기 내린 비 갑자기 멎자
둘은 비 냄새 속으로 나간다.
조금 앞서 걸어간 커피 자동판매기 앞에는
비 긋기 기다린 사람 몇이 줄 서 있다.

두 컵 뽑아 들고 뒤돌아보니
그가 없다. 바쁜 일이 있나 보지.
'어쩌다 둘을 뽑았군요.'
그와 나이 엇비슷해 뵈는 사람에게 한쪽 컵을 건넨다.

순환로에 나서니 가뿐해진 세상
걸음 멈추고 공기를 깊이 들이마신다.
눈앞에서 비둘기 둘이 춤추듯 푸덕이고
사람들 말소리에 가벼운 비브라토(vibrato)가 실린다.
이런! 눈웃음 지으며 그가 양손에 종이컵 들고 나타난다.
마시던 컵 발치에 내려놓고
새 컵 받아 들고 한 모금 마신다.
'초여름 비 맛이군요.'
'짧은 비였지요.'
그리고 헤어졌다.

—「종이컵들—현충원에서」*

별것 아닌 삶의 정경일지 모른다. 그러나 서울은 물론 우리나라의 다른 어디에서도 만나기 힘든, 미련 없이 우연을 제대로 누리는 삶이다.

나는 자기파괴에 가까운 외로움이 시인의 징표라는 말

* 황동규, 『오늘 하루만이라도』(문학과지성사, 2020)에 수록.

같은 걸 믿기 힘들다. 지금은 판이 많이 깨졌지만 내 생의 후반 십오륙 년간 진한 즐거움을 맛보게 한 현충원 가는 길들, 그리고 이제는 자주 오르지도 못하게 되었지만, 꿩 같은 큰 새는 말할 것도 없고 다람쥐 같은 작은 귀염둥이도 많이 사라졌지만, 그래도 옛 모습을 많이 갖추고 있는 서달산. 이 둘이 마음속에 살아 있음으로 해서 나는 외로움의 벼랑 높이를 어느 정도 늘이고 줄일 수 있게 된 것이다.

사당3동에 살면서 느긋해진 것이 걸음만은 아닐 것이다. 이 길지 않은 글을 쓰느라 혈압약 먹을 시간을 시간 반 놓쳤다는 사실도 적어놓고 싶다. (2021. 7.)

환한 깨달음을 향하여

— 황동규 시인의 최근 시작이 우리에게 일깨우는 것

장경렬
(문학평론가, 학술원 회원)

하나, 시인의 깨달음 앞에서

황동규 시인은 이번 시집 『봄비를 맞다』에 담긴 '시인의 말'에서 "이 시집의 시 태반이 늙음의 바닥을 짚고 일어나 다시 링 위에 서는 (다시 눕혀진들 어떠리!) 한 인간의 기록"임을 밝히고 있다. 여기서 시인은 "코로나바이러스"가 "놔두지 않"는 탓에 예상과는 달리 "건성건성 살" 수 없었던 자신의 최근 삶을 권투 시합에 빗대고 있거니와, 이 비유를 더욱 감칠맛 나게 하는 것은 "다시 눕혀진들 어떠리!"라는 간투사일 것이다. 이는 노년에 이른 예이츠(Yeats)가 남긴 시 「자아와 영혼의 대화」("A Dialogue of Self and Soul")에서 "자아"가 "살아 있는 인간이란 눈멀고 자신의 배설물을 들이켜는 존재"이나 "도랑이 불결한

들 어떠리?/그 도랑 속의 삶을 온통 다시 산들 어떠리?" 라고 외칠 때 내비쳤던 삶을 향한 유쾌한 긍정을 감지케 한다는 점에서 그러하다. 하지만 이 간투사에는 예이츠의 시에서 가늠하기 어려운 무언가도 있으니, 이는 다시 눕혀지더라도 개의치 않겠다는 여유의 마음이다. 이 여유의 마음이 전경(前景)을 이루고 있기 때문인지 몰라도, 『봄비를 맞다』가 노년의 쉽지 않은 삶에 대한 "기록"임에도 이 시집에서는 그런 유형의 기록에 으레 드리워져 있을 법한 우수의 그늘도, 자기 연민의 그림자도 짚이지 않는다. 마치 예이츠의 또 다른 시 「청금석」("Lapis Lazuli")에 등장하는 도인(道人), "반짝이는 눈"으로 속세를 응시하는 환한 마음과 맑은 정신의 도인과 마주하고 있다는 느낌을 줄 뿐이다. 하지만 '도인'은 속세를 초월한 존재를 지시한다는 점에서 적절치 않은 표현일 수도 있겠다. 이번 시집이 증명하듯, 시인은 노년의 삶을 이어가는 도정에도 여전히 삶과 현실의 한가운데서 세상 살기의 의미와 진실에 이르기 위해 전력투구하고 있기 때문이다. 그리고 이로써 환한 깨달음에 또는 이피퍼니(epiphany)에 이르고 있기 때문이다.

어찌 보면, 이번 시집에 표제를 제공한 「봄비를 맞다」는 그러한 깨달음의 순간을 선명하게 드러내 보이는 예 가운데 하나일 수 있겠다.

'획획 돌아가는 계절의 회전 무대나
갑작스런 봄비 속을
제집처럼 드나들던 때는 벌써 지났네.'
아침에 일어나기 힘들어하자 마음이 말했다.
'이마를 짚어봐.'

듣는 체 마는 체 들으며 생각한다.
어제 오후 산책길에 갑자기 가늘게 비가 내렸지.
머리와 옷이 조금씩 젖어왔지만
급히 피할 수는 없었어.
지난가을
성긴 잎 미리 다 내려놓고
꾸부정한 어깨로 남았던 나무
고사목으로 치부했던 나무가
바로 눈앞에서
연두색 잎을 터뜨리고 있었던 거야.
이것 봐라. 죽은 나무가 산 잎을 내미네,
풍성하진 않지만 정갈한 잎을.
방금 눈앞에서
잎눈이 잎으로 풀리는 것도 있었어.
그래 맞다. 이 세상에
다 써버린 목숨 같은 건 없다!
정신이 싸아했지.

머뭇대자 고목이 등 구부린 채 속삭였어.
'이런 일 다 집어치우고 싶지만
봄비가 속삭이듯 불러내자
미처 못 나간 것들이 마저 나가는데
어떻게 막겠나?
뭘 봐주려는 것 아니네.'

이마에 손 얹어보니
열이 있는 듯 없는 듯.
감기도 봄비에 정신 내주고 왔나?
일어나 커피포트에 불을 넣는다.

—「봄비를 맞다」 전문

"이 세상에/다 써버린 목숨 같은 건 없다"니! 시인의 이 예사롭지 않은 깨달음에 가까이 다가가기 위해 우리는 무엇보다 「봄비를 맞다」도 앞서 언급한 예이츠의 「자아와 영혼의 대화」와 마찬가지로 일종의 '극적(劇的) 대화'로 이루어진 시일 수 있음을 주목해야 할 것이다. 즉, 후자가 '자아'와 '영혼' 사이의 대화로 이루어져 있듯, 전자도 '시인(또는 시적 화자)'과 '시인의 마음' 사이의 대화로 이루어져 있다고 볼 수 있다. 물론 이러한 진단은 선부른 것일 수도 있다. 시인의 마음이 시인에게 말을 건네고 있음을 명시하고 있는 「봄비를 맞다」의 첫째 연과 달리, 둘째 연은 시인이 "생각"에 잠겨 이어가는 독백을 담고 있는 것으로 볼 수도 있기 때문이다. 하지만 둘째 연의 시적 진술은 누군가에게 말을 건네고 있음을 암시하는 '대화체'로 이루어져 있다는 점에서, 여기서 시인이 이어가는 "생각" 속의 독백은 곧 자신의 "마음"을 향해 건네는 무언(無言)의 말일 수 있는 것이다.

문제는, 「봄비를 맞다」의 분위기와 「자아와 영혼의 대화」의 분위기를 비교하는 경우, 양자가 사뭇 다르다는 데 있다. 이와 관련하여, 자아와 영혼이 서로 충돌하는 입장을 일방적으로 밝힘으로써 조성된 '긴장감'이 「자아와 영혼의 대화」를 지배하는 분위기라면, 이 같은 긴장감이 전혀 짚이지 않는 것이 「봄비를 맞다」의 분위기임에 유의하기 바란다. 사실, 「봄비를 맞다」의 분위기를 감싸고 있는 것은 시인의 안위를 염려하는 시인의 마음과 그런 마음의 조언을 "듣는 체 마는 체" 하면서도 듣고는 "이마에 손을 얹어"보는 시인 사이에 형성되어 있는 유대감이다. 단언컨대, 이때의 유대감은 "오래 같이 살아줘" 고마운 "아내"(「그날 저녁」)와 "아내의 혼잣말 새삼 귀담아"(「혼불」)듣는 시인을 서로 잇는 끈과도 같은 것, '둘'을 '둘'이면서 '하나'로 존재케 하는 끈과도 같은 것이다. 다소 거창한 표현을 동원하자면, 이는 보들레르(Baudelaire)가 말하는 교감(correspondance)에 상응하는 그 무엇일 수도 있다. 「봄비를 맞다」의 경우, 이 같은 유대감 또는 교감은 시인과 시인의 마음 사이에만 존재하는 것이 아니다. 이는 시인과 자연 사이에도 존재하는 것으로, 이것이 없었다면 어찌 "죽은 나무가 산 잎"을, "풍성하진 않지만 정갈한 잎"을 "내미"는 경이로운 정경이 시인의 눈에 포착될 수 있었겠는가. 아울러, 어찌 "이 세상에/다 써버린 목숨 같은 건 없다"는 환한 깨달음에 시인이 이를 수 있었겠는가. 나아가, 어찌 "고목"의 "속삭임"이 시인의 심이(心耳)를 울릴 수 있었겠는가. 대상과의 거리를 의식하거나 주체와 객체 사이에 교감이 아닌 긴장감이 지배하는 경우, 누구도 기적과도 같은 정경에 눈을 뜰 수도 없고 환한 깨달음에 이를 수도 없으며 자연의 속삭임에 마음의 귀를 열 수도 없다.

여기서 잠깐 "고목"의 "속삭임"에 새롭게 귀를 기울임으로써 「봄비를 맞다」에 대한 우리의 시 읽기를 마무리하기로 하자. 따지고 보면, "이런 일 다 집어치우고 싶지만/봄비가 속삭이듯 불러내자/미처 못 나간 것들이 마저 나가는데/어떻게 막겠나?"라는 수사적 물음은 단순히 고목만의 것이 아닐 수도 있다. 고목이 "터뜨리고 있었던" "연두색 잎"들은, "풍성하지는 않지만 정갈한 잎"들은 자연의 나뭇잎들을 지시하는 것일 뿐만 아니라 노시인의 시심에서 샘솟듯 솟아오르는 시편(詩片)들을, 어찌해도 도저히 막을 수 없는 시인의 시편들을 암시하는 것일 수도 있지 않은가. 요컨대, 「봄비를 맞다」는 시인의 환한 깨달음을 담고 있는 시인 동시에, 시인이 내려놓고 "건성건성 살"고자 해도 이를 결코 허락하지 않는 '시 창작'이라는 평생의 과업에 관한 시일 수도 있다.

둘, 시인이 건네는 깨달음의 궤적을 더듬어

황동규 시인의 이번 시집에는 시인과 자연 사이에 교감이 이루어지는 정경을 담고 있는 시편들이 적지 않다. 이들 시편은 그 자체로도 아름답지만, 깊고 환한 시적 인식 또는 깨달음은 어떻게 해서 가능한가를 보여준다는 점에서 깊은 인식론적 함의를 가늠케도 한다. 여기서 몇 예를 들기로 하자.

1) 바람이 이는가, 시야 가득 꽃잎들이 날려 왔다.
두 손 내밀어 받았다.
이리 빠지고 저리 빠지고
잘 잡히지 않았다.
이런! 애써 내밀지 않은 머리에
꽃들이 스스로 내려앉는군.
이거 괜찮네.
꽃잎 계속 내려앉는 머리를 들고
열에 떠 꽃 속을 돌아다녔다.

—「사월 어느 날」 제11-19행

2) 남은 내 삶에도 혹시 불길이 댕긴다면
저렇게 탔으면!

그 생각 읽었다는 듯
샛노랗게 타는 큰 불덩이 하나 던지듯 날아와
어 어 하는 나에게 달려들었다.
와닿기 바쁘게 활활 타는 불
헝클어진 마음을 정신없이 태워주네.
태워라, 마음 텅 비게.

불 속에 흰 댕기 같은 게 어른거려 들여다보니
매듭 하나가 활활 타는 불 속에 버티고 있었다.
그것도 태워! 그래도 꼿꼿이 버틴다.
그 버팀 생각을 웃돌아 언뜻 스치는 말 새겨보니
'섭섭함은 타지 않는다.'
나도 모르게 묻는다.
'분노도 타는데 섭섭함은 안 타나?'
'분노는 분노, 섭섭함은 고인 물, 물꼬를 트게.'
맞다! 하듯, 축대 위 불길이 한 번 펄럭였다.

—「불타는 은행나무」 제13-29행

3) 달아날세라 꽉 붙잡고 놓지 않던 생각들

멀리 떠나보내려 해도 꿈쩍 않던 생각들이
다 같이 옷 붉게 해 입고
밝은 물길에 뛰어들어 어깨춤 춘다.
마음이 빈다.
바닥이 훤히 보일 만큼.

—「태안 큰 노을」 제11-16행

위의 인용 가운데 1)은 산책길에 나선 시인이 "시야 가득" 날려 오는 "꽃잎들" 사이를 거니는 정경을 엿보게 한다. 시인은 일부러 "두 손을 내밀어" 받으려 해도 잘 잡히지 않는 "꽃잎들"— 바람에 휘날리는 그 "꽃잎들"— 이 "애써 내밀지 않던 머리"에 "스스로 내려앉는"다는 사실에 새삼 눈을 뜬다. 시인의 이 같은 눈뜸은 초월적 인식론을 일깨우기도 하거니와, 아름다운 것이든 참된 것이든 이 세상의 소중한 그 모든 것은 마음이 의지와 욕망에서 자유로워졌을 때— 즉, 마음이 비워졌을 때— 에야 비로소 그 안으로 들어올 수 있음을 암시한다는 점에서 그러하다.

한편 "다른 세상 불길처럼 정색하고 샛노랗게 타오르던/은행나무들"을 "집 발코니에서 홀린 듯 내다"(「마음 기차게 당긴 곳」)보는 시인의 눈길을 감지케 하는 것이 2)로, "홀린 듯"이라는 언사가 암시하듯 시인은 은행나무들이 펼쳐 보이는 장관에 흠뻑 매료되어 있다. "샛노랗게 타는 큰 불덩이 하나"가 시인에게 "달려"들어 "헝클어진 마음을 정신없이 태워"줄 만큼. 하지만 "매듭 하나가 활활 타는 불 속에 버티고" 있다. 이는 "분노"조차 태우는 불길에도 끝내 타지 않는 "섭섭함"으로, 이로 인해 시인의 마음은 텅 비워질 수 없다. 마음을 텅 비움은 인식 주체의 자아가 무화(無化)되는 경지를 말하거니와, 이는 초월적 또는 직관적 인식론의 정점에 해당하는 것이다. 어찌 보면 자아의 몰입과 함께 자아가 대상과 '하나'가 되는 이른바 무아(無我)의 경지에 해당하는 것으로, 이는 시적 인식의 이상(理想)이 아닐 수 없다. 아쉽게도 시인은 이에 이르지 못하는 것이다. 하지만 마음을 비우고자 하는 시인의 열망이 지극하기 때문인지 시인의 "생각을 웃돌아 언뜻 스치는 말"이 있다. "섭섭함은 고인 물, 물꼬를 트게." 바로 이 깨달음에 이른 시인이 어찌 이렇게 외치지 않을 수 있겠는가. "맞다!"

여행길에 찾은 어느 한 바닷가에서 목격한 "큰 노을"에 매료된 시인의 내면 정경을 드러내 보이는 3)에서 시인은 "바닥이 훤히 보일 만큼" 자신의 "마음"이 비어 있음을 의식한다. 이러한 마음 비움이 가능했던 것은 "꽉 붙잡고 놓지 않던 생각들"과 "멀리 떠나보내려 해도 꿈쩍 않던 생각들"조차 "큰 노을"에 이끌려 "다 같이 옷 붉게 해 입고/밝은 물길에 뛰어들어 어깨춤"을 추게 되었기 때문이다. 이에 따른 '마음 비움'은 시인이 "큰 노을"과 '하나'가 됨을 암시하는 것이고, 이 시편은 시인이 "큰 노을"에 취해 말 그대로 '몰아(沒我)의 경지'에 이르렀음을 노래한 것이라 할 수 있겠다.

이처럼 초월적 인식론의 정점에 이르거나 다가가려는 무의식적 열망에서 여전히 벗어나 있지 않다는 점에서 보면, 황동규 시인은 아직 젊다. 하기야, "잎 계속 떨어뜨려 죽더라도 햇빛 받으며 죽으라고/며칠 전 거실에서 내논 고무나무가/저녁 해 향해 잎들을 번쩍 쳐들고 있"음을 보고 "지금을 반기며 사는 것"(「겨울나기」)의 소중함을 깨닫는 시인이라면, 어찌 젊음의 시절에 그러했듯 "지금을 반기며" 이 순간에도 열정적인 시적 탐구를 이어가지 않을 수 있으랴. 그럼에도, 시인이 노년에 이른 자신의 삶을 외면하고 있는 것은 아니다. 시인 자신의 표현에 기대어 말하자면, 시인은 "다시 눕혀"지더라도 "늙음의 바닥을 짚고 일어나" 이어가는 것이 자신의 삶임을 명료하게 의식한다. 이는 특히 '지워짐' 또는 '없어짐'이 깨달음의 단초가 된 시에서 확연하게 감지된다.

1) 가만, 바다와 모래밭 구도가 바뀌고 있다.
바다에서 물새들이 날아오고
물이 들어온다, 물이.

곧은 금 굽은 금 가리지 않고

앞서 긋다 만 금부터 먼저
물결이 금들을 지우고 있다.
흔적도 없이.
나의 금도 이렇게 지워지리라.
긴장할 거 없다 몽상도 없다.
그어진 금 거두고 새 금 긋는 거다.

—「2022년 2월 24일(목)」 제26-35행

2) 2년 이상 버티다가
봄꽃 질 때 나서니 지문이 없어졌다.

새 여권 신청하며 검색기에 엄지 올려놓고
아무리 눌러대도 금들이 나타나지 않는다.
마스크 벗어 들고 승강이 끝에 수속을 마친다.
찜찜하다.

손가락에 묻은 스탬프 액 물티슈로 지우며
생각을 헤치듯 구청을 나온다. 햇빛이 왈칵.
가만, 나도 모르게 세상 여기저기 찍어놓고 갈 물증을
지워버리고 살게 됐어.
홀가분하지.
느낌들을 가볍게 밀며 걷는다.

—「지문」 제6-17행

위의 인용 가운데 1)이 담고 있는 것은 시인이 여행 도중에 찾은 또 다른 바닷가의 정경이다. 어느 사이에 "바다와 모래밭 구도"가 바뀌어 "물이 들어"오고, "물결"이 "곧은 금 굽은 금 가리지 않고/앞서 긋다 만 금부터 먼저" 지운다. 그것도, "흔적도 없이". 이를 응시하며 시인은 상념에 잠긴다. "나의 금도 이렇게 지워지리라." 하지만 인간이 남긴 "금"—삶의 흔적—이야 자기 자신의 것이든 자신의 뒤를 잇는 이들의 것이든 새롭게 그어지는 "새 금"에게 자리를 넘겨주고 지워지는 것이 순리다. 이러한 깨달음과 함께하는 한, 어찌 "긴장할 거" 있겠는가. 한편 2)에서 시인은 어쩌다 "지문"이 없어진 것을 확인한다. 나이가 들면 없어지기도 하지만 지문은 '내가 나'임을 증명해주는, 대체가 거의 불가능한 수단이다. 그러니 어찌 지문이 없어짐에 "찜찜"하지 않겠는가. 이윽고 '내가 나'임을 증명할 것을 요구하는 사회제도 또는 통제의 전초기지 가운데 하나인 "구청"에서 "햇빛이 왈칵" 비치는 바깥세상으로 나오자, 시인은 "나도 모르게 세상 여기저기 찍어놓고 갈 물증을/지워버리고 살게 됐"음에 "홀가분"함을 느낀다. 여기서도 우리는 시인의 마음을 환하게 하는 깨달음의 순간을 확인할 수 있다.

통제는 인간이 만든 제도뿐만 아니라 때로 천재지변이

나 환란이 야기하기도 한다. 지난 2020년부터 최근까지 세상을 공포에 떨게 했던 코로나바이러스 감염 사태는 엄청난 환란이 아닐 수 없었는데, 이로 인한 통제도 한두 가지가 아니었다. 황동규 시인이 상재한 이번 시집의 적지 않은 부분(주로 제2부)은 이 환란의 시절을 헤쳐온 시인의 기록으로, 그의 삶을 특히 어렵게 했던 통제가 무엇이었는지를 가늠케 하는 것이 「속되게 즐기기」의 다음 진술이다. "속되게도 나 혼자서는 잘 즐기지 못한다./곁을 주는 사람이 없으면/살아 있는 어떤 것 하나라도 대면할 수 있어야/마음 붙이지." 그런 시인에게 외부인과의 만남이 금지된 상태의 "집콕"—'집에 콕 박혀 있는 것'—이 이른바 정언명령(定言命令)이던 시절 시인의 삶이 어찌 어렵지 않은 것이었겠는가. 환란의 시절을 보내며 시인은 이렇게 말한다.

집콕의 극치는 역시 혼자 있음.
그 있음에 외로움 하나라도 빠뜨리면
혼자 없음.

아침이 가고 저녁이 온다.
혼자 있음.
혼자 없음.
지내다 보니

있음이 없음보다 한참 비좁고 불편하다.

—「코로나 파편들」 제11-13행, 제17-21행

추측건대, 시인은 "혼자 있음"이라는 익숙한 표현과 "혼자 없음"이라는 낯선 표현을 동원하여, '외로움을 느끼는 상태 또는 혼자임을 의식하는 상태에서의 혼자 있음'과 '외로움이라는 느낌에서 벗어나 있는 상태 또는 혼자임을 의식하지 않는 상태에서의 혼자 있음'을 구분하고자 한 것이리라. 사실 "집콕"의 삶이란 일종의 가택 연금에 해당하는 것이다. 아무튼, "있음이 없음보다 한참 비좁고 불편하다"니? 맥락에서 떼어놓고 보면, 이는 새삼스러울 것 없는 지당한 '사실 진술'이다. 하지만 "집콕"의 삶이라는 맥락에서는 새로운 의미를 띨 수 있거니와, 환란의 와중에 이어갔던 "집콕"의 삶을 기억해보자. 아마도 많은 사람이 혼자 있으면서도 환란의 시절 이전에 그러했듯 혼자임을 의식하지 못하다가 때로 자신이 혼자임을 문뜩 절감하곤 했을 것이다. 다시 말해, 「외롭다?」에서 시인이 말하듯, "사람 못 보며" 사는 삶에 "외로움을 징하게 느"끼곤 했을 것이다. 그리고 그 순간에 마치 가택 연금을 당하고 있기라도 하듯 갑갑함과 답답함과 거북함에 심기가 불편해지기도 했을 것이다. 어찌 "있음이 없음보다 한참 비좁고 불편하다"는 깨달음이 새삼스럽지 않은 것일 수 있겠는가.

셋, 시인의 마음과 함께하며

'마음 비움'이 인식의 정점이라 해도, '지워짐'이 삶의 필연이라 해도, "있음이 없음보다 한참 비좁고 불편하다"는 깨달음으로 때로 이끌릴 수박에 없는 것이 삶의 여정이라 해도, 어찌 그것이 삶의 전부일 수 있겠는가. 우리네 삶에는 비우기보다 오히려 채워지기를 바라는 '허전한 마음'도 있고, 앞서 잠깐 비쳤듯 지워지는 것이 있으면 이를 채우는 것도 있으며, 비좁음과 불편함을 일깨우는 외로움을 외로움으로 내버려두지 않으려는 듯 "살아 있는 어떤 것"들도 곁을 찾게 마련이다. 요컨대, 삶이란 결코 일방적인 일반화를 허락하지 않는 경이(驚異)인 것이다. 이를 엿보게 하는 것이 "속 빈 나무"와 같은 "이 몸" 안으로 "올빼미 한 쌍쯤" 들어와 "말없이 주인들처럼" 살아주기를 바라는 시인의 마음, 어느 사이에 "이 몸"을 채우고 있는 "세월에 밀려 내팽개쳐진 ["잡새들"과도 같은] 나의 잡생각들"을 계속 머물게 하여 "조금이라도 따뜻하게 가려"주고자 하는 시인의 마음이 아니겠는가. 이러한 시인의 마음을 재치와 해학과 여유를 후광처럼 거느린 채 환하게 밝히고 있는 절창이 「속이 빈 나무」일 것이다.

이제 이 몸 나이테 꽉 차 터지기 시작한 나무,
살펴보니 잘 안 뵈는 속도 한참 비었다.

올빼미 한 쌍쯤 들어와
몸 절반 크기 얼굴 끄덕끄덕
말없이 주인들처럼 살았으면.

하지만 서달산 오르는 길의 집들
모두 빌라로 바뀌어
알 만한 새들 다 도망갔으니
어디서 올빼미를 모셔 온다?

언제부턴가 창밖에 장대비 퍼붓고 있다.
속이 빈 몸에 장대비, 아 생각난다,
이십 년 전인가
차 몰고 지리산을 한 바퀴 돌다
갑작스레 닥친 폭우에 와이퍼 있으나 마나
차 세우고 들어간 가게 옆에 서 있던
속이 빈 고목나무. 비 그쳐 나오자 그 속에서
새 한 떼가 나 몰라라 튀어나왔어.

가만, 장대비 마주하는 내 속도 그냥은 아니군.
세찬 빗줄기에 몸 둘 곳 몰라 하던
조그만 새 몇이 들어와
몸들을 녹이며 토닥거리지 않나?
이리 왔다 저리 갔다 마음 다잡는 놈도 있고

벽을 콕콕 쪼아대는 녀석도 있다.
잡새들! 다시 보니
아, 세월에 밀려 내팽개쳐진 나의 잡생각들!
신문 읽다가 나도 모르게 부르르 떨던 놈까지.
잡생각이면 어때?
새든 생각이든 모질게 퍼붓는 비바람을
조금이라도 따뜻하게 가려주는 일,
살아 있는 자면 해줄 만한 일이 아닌가?

—「속이 빈 나무」 제6-35행

삶의 경이로움에 대한 예사롭지 않은 절창이 어디 이뿐이랴! 이번 시집의 작품 한 편 한 편이 우리의 마음에 느낌표를 찍어주는 절창이 아닌가. 하지만 한 편만 더 논의 마당에 끌어들일 것이 허락된다면, 우리의 눈길은 이번 시집의 첫 작품인 「오색빛으로」를 향해야 할 것이다.

몸 다 내주고 나서
전복 껍데기는 오색빛 내뿜지.
몸 없어진 곳에 가서도 노래하시게.
더 낭비할 것이 사라진 순간
몸 있던 자리 훤히 트이고
뵈지 않던 삶의 속내도 드러나겠지.
좋은 날 궂은 날 가리지 않고

어디엔가 붙어 기고 떨어져서 기는
아프면 누워 기고 실수로도 기는
기느라 몸 없어진 것도 모르고
계속 기고 있는 몸 드러나겠지.
마음먹고 다시 둘러보면
주위의 모두가 기고 있다.
저기 날개 새로 해 단 그도 기고 있다.
뵈든 안 뵈든 묵묵히 기는 몸 하나하나가
오색빛 새로 두르게 노래하시게.

—「오색빛으로」 전문

위의 시에서 시인의 눈길은 "몸 다 내주고" 난 "전복"이 남긴 "껍데기"를 향하고 있다. 즉, '있다가 없어진 것'을 대신하여 '여전히 있는 것' 또는 '남은 것'이 시의 소재가 되고 있다. 문제는 시인의 시적 진술이 관찰 대상의 현재에 대한 묘사와 기술 쪽보다 미래에 대한 추측과 기원 쪽으로 기울어 있다는 데 있다. 어찌 보면, 눈으로 관찰하는 일과 마음으로 상상하는 일이 동시에 이루어지고 있는 셈이다. 바로 이 양자 사이의 편차는 시인의 진술에 일종의 중의적(重義的) 의미가 개입하는 것을 적극적으로 유도하는데, 이는 "전복 껍데기"를 보조관념으로 하는 원관념을 일깨우기 위한 것이 아닐지? 그리고 문제의 원관념은 시인다운 시인이라면 남겨야 하는 것, "몸 없어진" 후에도 남아 있게 해야 하는 "오색빛"으로 찬란한 시 세계가 아닐지? 이렇게 시를 읽는 경우, 우리는 앞서 언급한 시인 보들레르의 시 「알바트로스」("L'Albatros")를 들먹일 수도 있겠다. "몸 없어진" 후에도 "오색빛"으로 찬란한 "껍데기"를 남기기도 하나 "아프면 누워 기고 실수로도 기는/기느라 몸 없어진 것도 모르고/계속 기고 있는" 존재가 시인이라면, 시인이란 어찌 보들레르의 말대로 "창공의 왕자"임에도 현실 세계에서는 걷는 일조차 제대로 못 하는 알바트로스와도 같은 존재가 아니겠는가. 이런 의미에서, 「오색빛으로」는 시인이란 어떤 존재인가와 어떤 존재이어야 하는가를 동시에 암시하는 존재(存在, Sein)의 시이자 당위(當爲, Sollen)의 시다. 그리고 이는 또한 시인다운 시인이라면 누구에게나 요구되는 자기 성찰의 시이자 어느 시인에게든 그가 마음 깊이 바랄 법한 바를 새삼 일깨워주는 소망의 시이기도 하다.

*

이제 논의를 마무리할 때가 되었다. 이에 앞서 언급한 예이츠의 시 세계를 다시 끌어들이고자 한다. 사실 노년에 이른 예이츠가 펼쳐 보였던 시 세계에서 감지되는 삶에 대한 유쾌한 긍정과 열정은 황동규 시인의 이번 시집에서도 여일(如一)하게 확인된다. 하지만 예이츠의 긍정과 열정 그리고 앞서 잠깐 암시한 긴장을 넘어서는 무언가가 황동규 시인의 시 세계에 있으니, 이는 누구나 열망하나 누구도 감히 넘볼 수 없는 여유와 온기와 다감함이다. 바로 이 여유와 온기와 다감함으로 인해 누구에게든 깊은 마음의 울림을 줄 것임에 틀림없는 다음 시를 함께 읽는 것으로 우리의 이번 논의를 끝맺기로 하자.

세상 뜰 때
아내에게 오래 같이 살아줘 고맙다 하고
(말 대신 손 한번 꽉 잡아주고)
가구들과는 눈으로 작별, 외톨이가 되어
삶의 마지막 토막을 보낸 사당3동 골목들을
한 번 더 둘러보고 가리.

가만, 근자에 아파트와 빌라 들 가득 들어서
둘러볼 골목 별로 남지 않았군.
살던 아파트 지척, 구두 수선 퀀셋 앞
콘크리트 바닥에
산나물 고추 생밤 내놓고
무작정 앉아 있는 할머니한테서
작은 밤 한 봉지 사 들고
끝물 나뭇잎들 날리는 서달산에 오르리.
낮비 잠시 뿌렸는지 하늘과 숲이 밝다.

하직 인사 없이 헤어진 다람쥐가 나를 알아볼까?
약수터에 전처럼 비늘구름 환하게 떠 있을까?
그런 호사스런 생각은 삼가기로 하자.
운 좋게 귀여운 다람쥐 만나 밤 몇 톨 꺼내놓고
몇 발짝 걸어가다 되돌아와 밤 다 내려놓고
길에 굴러 들어온 돌멩이는
슬쩍 걷어차 길섶으로 되돌려보내고
서달산 능선 길을 아끼듯 걸으리.

벤치 하나, 둘이 서로 얽히듯 서 있는 나무,
약수터가 지나간다.
하늘에 샛별이 돋는다.
이 별 뜨면 가던 걸음 멈추고
무언가 맹세하곤 했지.
참맹세든 헛맹세든
지난 맹세는 다 그립다.
내일 저녁에도 이 별은 뜨리라.
걸으리,
가다 서다 하는 내 걸음 참고 함께 걷다
길이 이제 그만 바닥을 지울 때까지.

—「그날 저녁」 전문

"세상 뜰 때" 마지막으로 해야 할 일로 산책길에 나서

"콘크리트 바닥에/산나물 고추 생밤 내놓고/무작정 앉아 있는 할머니한테서/작은 밤 한 봉지 사"는 것과 "운 좋게 귀여운 다람쥐 만나 밤 몇 톨 꺼내놓고/몇 발짝 걸어가다 되돌아와 밤 다 내려놓고/길에 굴러 들어온 돌멩이는/슬쩍 걷어차 길섶으로 되돌려보내"는 것을 떠올리는 시인의 여유로우며 따뜻하고 다감한 마음에 어찌 누구든 감동하지 않을 수 있겠는가. 아울러, "가다 서다 하는 내 걸음 참고 함께 걷다/길이 이제 그만 바닥을 지울 때"까지 걸음을 이어가겠다는 시인의 다짐만큼 삶에 대한 유쾌하면서도 진지한 긍정이 절묘하게 담긴 시적 진술이 어디 따로 있을 수 있으랴. 모두가 뭉클해진 마음으로 이 절창을 거듭 되뇌기를!